きみと僕の5日間の余命日記

小春りん

STARTS
スターツ出版株式会社

目を閉じれば瞼《まぶた》の裏のスクリーンに、今でも鮮明に映る光景がある。
美しい朝焼けの空。
遠くを眺《なが》めるビー玉のように透き通った瞳。
涙を隠した、眩《まぶ》しい笑顔。

「……またね」

ある日偶然、僕が手にした日記帳には、
彼女がこの世界から消えるまでの日々が綴《つづ》られていた——。

目次

きみと僕の5日間の余命日記

七月十八日（月曜日）

「あ～、マジでここ、寒すぎるわ」

真夏の教室内は、体感温度の差が激しい。

適温快適な席があるのに対し、夏だというのにジャージやひざかけが手放せない席もある。

「エアコンの真下はハズレ席だよな」

「でも設定温度を変えると、端のほうの席のやつが暑くて死ぬだろ」

そう。すべては、教室の天井・中央部に設置されているエアコンのせいだ。

風向きを変えられないため冷気が直撃する席と、恩恵《おんけい》を受けられる席とで大きな差が出てしまっている。

「マジ、不平等すぎねぇ？」

結局、学校内で全員が快適に過ごすのは不可能だってこと。

それは僕らを取り巻く人間関係とよく似ている――なんて。

僕、佐野日也《さのにちや》はクラスメイト達の会話を遠巻きに聞きながら考えた。

（さて、帰り支度《じたく》も終わったし教室を出よう）

心の中で独りごちて立ち上がれば、開いた窓から流れ込んできた生ぬるい風に頬《ほお》を撫《な》でられた。

ちなみに僕の席は窓際だから、ジャージもひざかけも必要ない。

だけど僕には自分が、〝エアコンの真下にいる側の人間〟だという自覚があった。

ハズレ席の人間……。つまり僕は、〝ハズレ側の人間〟ってこと。

「つーかさ、お前、佐野に席を変わってもらえばよくね？」

そのとき、そんな僕の心の内を見透かしたかのようなタイミングで言葉を投げかけられた。

思わずビクリと肩をゆらした僕は、リュックを中途半端に持ち上げた状態で固まってしまった。

だって、このクラスに佐野という苗字の人間は、僕しかいない。

だから今、クラスメイトのひとりが口にした佐野というのは僕のことだ。

「たしかに～。佐野ならきっと文句も言わずに、席を変わってくれる気がするわ」

心臓が握り潰《つぶ》されたみたいに痛んで、不穏な音を立て始める。

彼らは今、僕に直接話しかけているわけじゃない。

〝僕にわざと聞こえるように〟、大きな声で話しているだけなんだ。

だから僕は聞こえないふりをしてさっさと教室から去ればよかったのに、足が竦《すく》んで動けなかった。

「つーか今の今まで、佐野が教室にいるの、気付かなかったわ」

「ハハッ。俺、視力2.0だからよく見えるんだよ」

「はぁ？　クッソじゃん。視力とか関係ないだろ！」

俯《うつむ》いている僕を嘲《あざけ》る声が、猫のように丸めた背中に突き刺さる。

（……高校二年にもなって、くだらない）

僕はクラスメイト達の笑い声を聞きながら心の中で毒づいたけれど、決して声に出すことはできなかった。

「おいおい、佐野に聞こえちゃうって〜」

「えー。俺ら、声小さめだし大丈夫じゃね？」

ほら、早く。一刻も早く教室を出るんだ。

僕は自分を奮《ふる》い立たせると、手に持っていたリュックを背負った。

そして、これは決して逃げではない。僕は間違っていないと自分自身に言い聞かせながら、鉛《なまり》のように重たい足を前に踏み出そうとしたのだけれど――。

「おいっ！　くだらないこと言って、日也をからかうなよ！」

不意に凛《りん》とした声が後方から飛んできて、教室内の淀《よど》んだ空気を薙《な》ぎ払った。

再びその場に踏みとどまった僕は一瞬息を止めてから、ゆっくりと振り返る。

「なんだよ、和真《かずま》〜。お前、幼馴染《おさななじみ》だからって佐野のこと庇《かば》うのかよ？」

「いや、幼馴染だからとか関係ないだろ。普通に考えて、無関係の日也に嫌な感じで絡んでったお前らが悪いし」

続けて聞こえてきたのは、潔《いさぎよ》くて清々《すがすが》しい正論だ。

つい呆然《ぼうぜん》と声の主を見ていたら、視線に気がついた籠原《かごはら》和真と目が合った。

「日也、もう帰んの？」

和真は僕を視界に捉《とら》えると、朗《ほが》らかな笑みを浮かべる。

とっさに目をそらした僕は、どう考えても和真には届かない声で、

「……うん」

とだけ、答えた。

――本当に最悪だ。こんなことになるくらいなら、のんびり帰り支度なんてしていないで、早急《さっきゅう》に教室を出ればよかった。

「お前らさ、こういうガキみたいなこと、もうやめろよな」

「あー、はいはい。そうですねー」

「なんだよ、その態度。……日也、悪い。こいつら、エアコンのせいでイライラしてるんだと思う。ムカつくかもしんないけど、今回は許してやってくんない？」

続けて和真はそう言うと、「お前ら、本当に日也にちゃんと謝れよな」と僕をからかったクラスメイト達を諭《さと》した。

諭されたやつらは和真に論破《ろんぱ》された挙句《あげく》にフォローまでされて、居心地が悪そうに目を伏せていた。

（……もう、やめてくれ）

クラスに残っている全員からの視線が痛い。

今の教室内の状況を映画のワンシーンに例えるなら、多分、物語の序盤にある、登場人物達の力関係を示す場面だ。

可哀《かわい》そうな幼馴染のピンチに現れたヒーロー。そのヒーローにやり込められた悪役達。

教室内の女子はヒーローを見て、頬を赤く染めている。

——そう。今、僕を助けた籠原和真は、いつだって絵に描いたような主人公《ヒーロー》なんだ。

昔から誰にでも優しくて、真っすぐで、裏表のない正直者。

成績優秀、眉目秀麗《びもくしゅうれい》、運動神経抜群。

少年漫画なら主役でスター。少女漫画ならヒロインの相手役になるような、絶対的存在に違いなかった。

「日也、ほんとごめんな？」

「別に……いいよ。僕は気にしてないから」

対する僕はと言えば、地味で冴えないモブのお手本みたいなやつ。

間違っても物語の主人公にはなれやしない。

圧倒的に日陰の存在で、いわゆる空気というポジションだった。

「じゃ、じゃあ。僕は帰るから」

リュックをしっかり背負った僕は、足早に教室を出た。

「日也、また明日な！」

背中で和真の声を聞いたけど、僕は振り返ることもしなかった。

……今、胸が痛むのは、今日も嫌というほど自分と和真の差を思い知らされたからだ。

とはいえ、別にそんなこと、今更思い知るようなことでもない。

どこまでも続いているように感じる長い廊下を歩きながら、ふと目を向けた窓の外では白い雲間から真夏の太陽が顔を出していた。

──太陽を見るたびに、僕は和真のことを思い浮かべてしまう。

僕と和真は先ほどクラスメイトが言った通り、幼馴染という関係だ。

小学校、中学校、高校まで同じの腐れ縁で、今も毎日、同じ教室内で過ごしている。

同じマンションに住んでいるため親同士も仲が良く、小学生の頃は毎日一緒に登下校し、学校が終わったあとも暗くなるまでふたりで遊んだ。

だけど、そんなことはもう、遠い過去の話だ。

だって現在《いま》の僕と和真では、住む世界がまるで違う。

（和真は、常にクラスの中心にいるんだから）

僕がハズレ側の人間なら、和真は間違いなくアタリ側の人間。

モブと主役。僕らは物語の世界では共存関係にあるけれど、ひとたびカメラが止まれば決して交わることはない、エキストラと主演俳優ほどの差があった。

（……余計なことばっかり考えてないで、早く学校を出て家に帰ろう）

心の中で呟《つぶや》いて、僕は首を左右に振った。

放課後の賑《にぎ》やかな空気は好きじゃない。けれど気持ちとは裏腹に足が向かったのは、昇降口とは真逆にある、南側一階の生物室だった。

立て付けの悪い扉を開けて、誰もいない室内に足を踏み入れれば身体が一気に静けさに包まれる。

「はぁ……」

そこで僕は今日初めて、人間らしく呼吸ができたような気がした。

強張《こわば》っていた肩から力が抜けて、視界が拓《ひら》けたような気さえする。

「ほんと、さっさとここに来ればよかった」

もうすっかりと見慣れた、白みがかった光が差す部屋の中。

口からこぼれた独り言も、誰に聞かれるわけでもない。

そのままゆっくりと歩を進めた僕は、窓際に置かれた横四十五センチほどの水槽の前で足を止めた。

水槽の中では、今日も金魚が一匹、泳いでいる。

朱《あか》がきれいな琉金《りゅうきん》で、ゆらゆらと優雅に尾をゆらしていた。

「お前はいいな。この中にいれば、他の誰と比べられるわけでもないし」

いよいよ残念すぎる独り言だ。

思わず自嘲《じちょう》した僕は、制服のズボンのポケットに入れてあったスマホを取り出した。

カメラアプリを起動すると、スマホのカメラを水槽に向ける。

無機質な四角い画面の中に映るのは、小さな世界。

僕はその世界を泳ぐ金魚の姿を動画におさめた。

尾が動かされるたびに白い光の粒が散って、直接目で見るよりもスマホ越しに見たほうがきれいな気がした。

「……ようやく、月曜日が終わるなぁ」

だけどまだ、月曜日。憂鬱《ゆううつ》な一週間は始まったばかりだ。

「ハア……」

ひとしきり動画を撮り終えた僕はため息をこぼすと、スマホの電源ボタンを押して画面を消した。

——また、ほんの少し開いた窓から生ぬるい風が流れ込んでくる。

校庭からは野球部の挨拶《あいさつ》の声が聞こえてきて、僕はそれを消すために目の前の窓を無造作に閉めた。

月曜日。この時間だけは、誰にも邪魔されたくない。

……そう。実のところ、僕は毎週月曜日の放課後、こうして生物室を訪れると、ここで飼われている金魚の餌《えさ》やりをするのを日課としていた。

約半年前、用事を頼まれて生物室を訪れた際、たまたま居合わせた生物担当の先生に『やってみるか？』と聞かれて金魚の餌を渡されたことがキッカケで始めたことだった。

そのときに先生は、『またやりたくなったら、いつでも来ればいい』と言って、僕に金魚の餌を保管している場所を教えてくれたんだ。

だからそれ以来、月曜日の放課後は学校を出る前に必ずここに来て時間を潰した。

（別に、金魚が好きなわけじゃないけど）

なんとなく、ここに来ると落ち着くってだけ。

動画を撮って、餌をやって……。そうしていると、酷くつまらない日常から一時でも離れられる気がした。

「……たとえばだけどさ。和真がお前なら、僕はお前の周りを漂う水草みたいなもんだと思うんだ」

スマホをポケットの中に戻した僕は、また金魚を相手に意味のない独り言をこぼして自嘲した。

金魚はこちらを向いているけれど、目なんて合わない。

もしかしたら今、『どうでもいいけど早く餌をくれよ』って思っているのかも……なんて考えたら、少しだけ笑えた。

（考えてみたら、こいつへの餌やりって、撮影させてもらったあとの報酬《ギャラ》みたいになってるよな）

今度は心の中で独りごちると、僕は足元にリュックを置いて、水槽の真下の棚の引き戸を開けた。

そこにはプラスチックケースが置いてあって、中に金魚の餌が入った筒が三本並んでいる。

口が開いている一本を手に取った。

そして僕はいつも通り、棚の扉を閉めようとしたのだけれど――。

「……なんだこれ？」

思わず、手が止まった。

プラスチックケースの横に、見慣れないノートのようなものが入っているのを見つけたからだ。

（おかしいな。普段、ここには餌しか入っていないのに）

疑問に思った僕は餌を水槽の横に置くと、たった今見つけたばかりのノートを手に取った。

「ダイアリー？」

マット加工のされた黒いノートの表紙には、箔《はく》押し印刷で〝日記〟を意味する英単語が綴られていた。

改めて見れば僕が普段使っているノートよりも、だいぶしっかりとした作りの日記帳だ。

（もしかして、金魚の観察日記的なやつか？）

生物担当の先生が、気まぐれに始めたのだろうか。

けれど、そう思った僕が何気なく日記帳の表紙に指をかけた瞬間――。

「ねぇ。そこで何してるの？」

「え――」

突然背後から声がして、驚いた僕は持っていた日記帳を足元に落としてしまった。

――バサリ。床と日記帳がぶつかった音が小さく響く。

振り返るとドアの前には、制服を着た女子が立っていた。

「佐野……日也くん？」

彼女は僕のことを知っているようだ。

——というか、知っていて当然。

現れたのは、同じクラスの天辰真昼《あまたつまひる》だった。

天辰は名前の通り天真爛漫《てんしんらんまん》な女子で、男女問わず人気があり、基本的にいつも笑顔でいるイメージの存在だった。

つまり僕とは別世界の人間なのだけれど、天辰とは過去に一度だけ、話をしたことがある。

（あれは——そうだ。図書室で本を読んでいたら、今みたいに突然話しかけられたんだ）

何を話したのかは忘れてしまったけれど、どうせ内容のない、くだらない世間話だったんだろう。

「ねぇ、何してるの？」

僕が考え込んでいるうちに、天辰は僕との距離を詰めてすぐそばまで来ていた。

どうしてか僕は金縛りにあったかのように動けなくて、無駄にドギマギしてしまった。

「ねぇ、これ……」

そのとき、天辰が僕の足元に落ちていた日記帳に気がついた。

僕はとっさに、〝拾わなければ〟と思って身をかがめた。

するとタイミング悪く天辰も同じようにしゃがみ込んで、お互いが日記帳に伸ばした手と手が重なった。

「え……」

「う、うわっ！　ごめんっ！」

ひんやりとした感触が、指先に触れた。

驚いた僕は、あわてて手を引っ込めると身体を起こした。

「い、今のは、わざとじゃなくてっ」

言い訳をすればするほど変な感じになってしまう。

「ほ、本当にごめん」

だからもう僕にできるのは、誠心誠意、謝ることだけだった。

引っ込めたばかりの手は震えていて、どこまでも情けない自分が嫌になる。

情けないというか、気持ち悪い。

きっと今、天辰も同じように思っているんだろうな――。

「ふふっ」

「え？」

「あ――」

「日也くん……。きみって、やっぱり面白いね」

だけど天辰真昼は予想外にも、僕を見て笑った。

また驚いてしまった僕は、目を白黒させながら天辰の顔を静かに見つめた。

「ぼ、僕が、面白い……？」

「うん。だって、今のがわざとじゃないことくらい、普通にわかるよ。それなのに何度も謝るなんてさ。きみって普段から、真面目すぎるって言われない？」

天辰はそう言うと、今度は小さく首を傾げて笑った。

その口調は僕をからかっている風なのに、先ほど教室でからかわれたときとはまるで違って、嫌悪感は覚えなかった。

「ねぇ。それで、話は戻るけどさ。これは何？　ダイアリーってことは日記かな？」

「え……あ、うん。多分、そうだと思うけど」

「多分そうだと思うってことは、これはきみのものじゃないの？」

「う、うん。僕もついさっき、ここにあるのを見つけたところで」

読もうとしていたことまでは、さすがに言えなかった。

ラムネ瓶の中のビー玉のような、透き通ったハニーブラウンの瞳が日記帳と僕を交互に見る。

（まつ毛が、羽根みたいに長いんだな――）

だけど、僕がそんなことを思ったのは束の間で、次の瞬間、天辰真昼が思いもよらぬ行動に出た。

「えっ⁉」

「何？」

「いや、その……」

天辰が僕の目の前で、持ち主不明の日記帳をためらいなく開いたのだ。

（人の日記を勝手に読むのはマズイんじゃないか？）

僕は彼女を止めるべきか悩んだけれど、ついさっき自分も同じように日記を開こうとしていたことを思い出して、言葉を呑み込んでしまった。

「……何これ」

「え？」

「ほら、見て、ここ。〝余命日記〟って書いてある」

「余命……日記？」

だけど、次に天辰が口にした言葉で、僕の偽善的な考えは消し飛んだ。

目の前に開かれた日記帳。

開かれたページを見ると、たしかにそこには天辰が言った通り、【余命日記】と書かれていた。

「ねぇ、余命日記ってどういうことかな？」

「さ、さぁ。でも、あんまり良いものな気はしないけど」

むしろ、すごく不穏な響きだと思う。

筆跡は女子のものにも、男子のものにも見えるけれど、この日記帳の持ち主が書いたのだろうか。

もちろん金魚の観察日記であるという線も、完全に消えたわけではないけれど……。

だけど悶々《もんもん》と考え込んでいる僕とは対照的に、天辰は目を爛々《らんらん》と輝かせながら次のページを開いた。

「ちょ、ちょっと、あの……」

「――ねぇ、ちょっと！　ここの日付、見てみて！」

「へ？」

そしてまた、開いたページを僕の前に差し出した。

結局、天辰に流されて開かれたページを見てみると、【七月十八日（月曜日）】という文字が目に飛び込んできた。

「別に、普通に日記の日付じゃないか？」

「それはまぁ、そうだけどさ。でも、これって今日の日付だよね？」

「あ……」

言われてみればたしかに、今日の日付だ。

日記帳の左上に書かれた年号も今年になっているし、【今日】を指していることは間違いない。

「この日記帳の持ち主は、今日の日記を既に書いたってことなのかな？」

「ま、まぁ……。そういうことなんじゃ――」

「ねぇ！　これ、ヤバイかも！」

自分で質問しておいて、僕の言葉を興奮気味に遮った天辰は、今度は日付の下を指さした。

（な、なんなんだ……）

当然ながらそこには、誰かが書いた日記らしきものが綴られていた。

だけど僕はまた、流されるがままにそれを読もうとして――とっさにページから、目をそらした。

「え……。どうして見ないの？」

「いやいやいや……。だって、やっぱり人の日記を勝手に読むのは気が引けるし」

多分、僕の意見は正論だ。

でも天辰は僕の返事がお気に召さなかったようで、大げさなほど長く深いため息をついた。

「ハァ〜〜〜。日也くんってさ、意気地なしだよね」

「ぼ、僕が、意気地なし？」

「うん。だーって、さっきの教室でのこともさ。言い返せばいいのに黙り込んでたし、つい無関係の私も意見したくなっちゃったよ」

思わずギクリとしたのは、教室での出来事を天辰に見られていたのだと知って羞《しゅう》恥《ち》心《しん》に駆られたからだ。

天辰と僕は同じクラスなんだし、別に見られていてもおかしくはないけれど。

「意気地なしっていうか、つまらないやつ？　冒険心とか、まるでない感じだよね。普通なら今、ワクワクしてたまらない！ってならない？　これからすごい物語が始まるかもしれない！って、盛り上がる流れじゃない？」

……いや、全然そんな流れじゃないけど。

とは、口に出して言えなかったけれど、多分、表情には出ていた。

（それにしても、意気地なしの上につまらないやつで、冒険心がないって）

完全なる悪口だろう。しかし残念ながら、当たっている。

それでも普通、友達でもない顔見知り程度の相手に、面と向かって辛辣《しんらつ》な言葉をぶつけるか？

それも、話したのもまだ二回目だってのに。

さすがの僕も少しだけ腹が立った……けど、当の天辰は少しも悪びれる様子はなく、飄々《ひょうひょう》と言葉を続けた。

「気になるのに確かめないでいるって、気持ち悪くない？　すごくすごく、モヤモヤしない？」

「そ、そりゃ、モヤモヤしないって言ったら嘘《うそ》になるけどさ。でも、他人の日記を勝手に読むやつのほうが、僕は気持ちが悪いと思うよ」

天辰につられて、つい、口調が強くなった。すぐに言いすぎたと怖気《おじけ》づきそうになったけれど、天辰がダメージを受けた様子はない。

「ふ……っ、あはは っ」

それどころか、反論した僕を見て笑い出した。

「な、何。何がおかしいんだよ？」

「ふ、ふふっ。だーって、日也くん。今のきみは、すごく気持ちが良くて最高だったから。うんうん、いいね。やっぱりすごく、ワクワクしてきた！」

「は、はぁ？」

天辰は、本当に楽しそうに笑っている。

対する僕は意味がわからず、怪訝《けげん》な表情になってしまった。

（前に話したときは感じなかったけど……天辰真昼って、変人なのか？）

「たしかにきみの言うことは正しいけど、必ずしも正論が正解だとは限らないよね？」

天辰はそう言うと、日記帳を持ったままゆっくりと立ち上がった。

「何より私は、これを読まないと、きみは後悔すると思う」

「僕が、余命日記を読まないと後悔する？」

いよいよ完全に意味がわからない。

だけど混乱する僕を見てそっと目を細めた天辰は、再び、僕の前に開いた日記帳を差し出した。

「――はい。今日の日付のこの日記、読んでみて」

もう、天辰が譲るつもりがないのだということは空気感で伝わってきた。

さすがに根負けした僕は天辰から日記帳を受け取ると、心の中で持ち主に謝りながら、開かれたページに綴られている文章に目を通した。

・七月十八日（月曜日）

生物室で、佐野日也は金魚に餌やりをしようとして〝余命日記〟を見つけた。

偶然やってきた同じクラスの天辰真昼が、その場面を目撃する。

好奇心旺盛な真昼は余命日記のページをめくった。

そこでふたりは余命日記に隠された、重大な秘密を知ることになる――。

「な、なんだよ、これ……」

日記を読んだ僕は、思わず後じさりそうになった。

だってまさか、他人が書いた日記に自分の名前が出てくるとは思わなかったんだ。

何より僕が驚いたのは、そこじゃない。

今日の日付の日記に書いてあることは間違いなく――〝たった今〟、僕の身に起きた出来事だった。

「ね、ビックリでしょ？」

不本意だけど、天辰の言葉に全面同意して心の中で頷《うなず》いた。

たしかにこれなら、天辰がしつこく僕に読めと言ったのも納得だ。

「ねぇ、これって、予言書的なやつなのかな？」

「まさか。そんなの、実在するわけないだろ」

とっさに否定したけれど、じゃあこれはなんだと聞かれたら答えられない。

（だって、この日記帳は間違いなく、ついさっきここで僕が見つけたものだ）

それなのに、たった今起きたばかりのことが書かれているなんて、おかしい。

それも今日の日付で、僕と天辰の名前がハッキリと書かれていることも――どうしたって説明がつかなかった。

「ねぇ、この最後に書いてある、〝重大な秘密〟ってなんのことかな？」

「え？」

「ほら、この、今日の日記の最後に書いてあるでしょ？　〝ふたりは余命日記に隠された、重大な秘密を知ることになる〟って」

天辰の言う通り、たしかにそう書いてある。

書いてある、けど……。

「そ、そんなの、わざわざ知る必要ないだろ」

「どうして？」

「だって、こんなの、誰かが仕込んだくだらないイタズラに決まってるし。真に受けたら、これを書いたやつの思うつぼだ」

僕は日記帳を閉じると、天辰に渡した。

日記帳を受け取った天辰は、ほんの少し焦った様子で僕の顔色をうかがった。

「僕は、それ……余命日記だかなんだか知らないけど、興味ないから」

バカバカしい。くだらない。

予言書的なものだって？　そんなもの、あるわけないだろう。

触らぬ神に祟《たた》りなし。面倒なことになりそうなものには、関わらないほうが身のためだ。

僕は生物室に来る前に教室で起きた出来事を思い浮かべた。

あのときも、さっさと教室を出ればよかったって後悔したんだ。だから今も、一秒でも早く生物室を出るべきだと思う。

「そんなもの、信じようとも思えないし」

そうして僕はそれだけ告げると、足元に置いたリュックを背負い、帰ろうとした。

餌をもらえると思っていただろう金魚には申し訳ないけれど、なんとなく、もうそれ以上、日記帳――余命日記には、関わるべきではないと感じていた。

「……ふぅん、帰ってもいいんだ」

でも、そんな僕を天辰の言葉が引き留めた。

「もし今、きみが帰っちゃったら……。きみが他人の日記をこっそり読んでたって、クラスで言いふらしちゃおうかな」

思いもよらない言葉に驚いて振り返ると、天辰は余命日記を自身の顔の横に掲《かか》げて、してやったり顔で笑っていた。

「な、何言ってるんだよ。日記を先に読みだしたのは、僕じゃなくて天辰のほうじゃないか」

「えー、そうだったっけ？　でも、〝日也くんが読んだ〟のは事実だよね」

「な……っ」

「あ、そうだ。じゃあ、こんなのはどう？　きみが放課後の生物室で、コソコソ何かをしてたって言いふらすのもいいかも？」

「そんな……それだって、僕はただ、金魚に餌をあげようとしてただけだよ」

「ふふっ、私の言葉と日也くんの言葉、みんなはどっちを信じるかなぁ」

「そ、それは……」

「みんなが私のほうを信じたら、きみは今後、生物室に来にくくなっちゃうかもね？」

またニヤリと笑った天辰を前に、僕は返す言葉に詰まってしまった。

日の当たる世界で生きている天辰と、日陰でどうにか息をしているだけの僕。

クラスメイトがどちらの言葉を信じるかなんて、考えなくてもわかる。

毎週、月曜日の放課後。静かな生物室で過ごす時間は、僕にとって心安らげる唯一の時間だったのに――。

今、この場所を取り上げられたら、僕はどうすればいい？

息苦しい毎日に嫌気がさして、いよいよ気が滅入《めい》ってしまうかもしれない。

「ねぇ、どうする？」

僕は太ももの横で握りしめた手に力を込めた。

（今日は……とことんツイてない）

ツイてないというより、嫌な思いばかりする日みたいだ。

まさか、天辰が人を脅すようなことを平然と言うやつだとは思わなかった。

とはいえ、そもそも僕は天辰がどういう人間かなんて、知らなくて当然だった。

これまでは一方的に、明るくて、誰にでも分け隔《へだ》てなく接する〝和真と同じ世界に住んでいる女子〟というイメージだったけれど、たった今、僕の中で天辰真昼は〝悪魔みたいな女〟だという情報が上書きされた。

悪魔というか、雰囲気的には小悪魔に近いかもしれない。

こんな、自分の思い通りに人を動かそうとする最低な人間だとは思わなかった。

「ほらほら。とりあえず、続き、一緒に読もうよ」

小悪魔が、飄々と僕を手招きする。

悔しさで眉をひそめた僕の前で、再び堂々と日記を読み始めた天辰は、次々にページをめくっていった。

「あ。でも、待って。この日記、続きは少しだけしか書いてないみたい」

もう、僕には逃げ道がない。天辰の共犯にならないと、僕はこの学校でいよいよ居場所がなくなってしまうのだから。

「……続きは少ししかって、何日後まで書いてあるんだ？」

情けないけど従うしかなかった僕は、天辰の話に乗った。

だけど天辰は、不意に〝あるページ〟を開いたかと思ったら……。

「んー。日付を見る限り、今週の金曜日までかな――って、え？」

突然、壊れた時計の針のように固まってしまった。

「どうしたんだよ？」

不思議に思って声をかけると、天辰はほんの少しだけ躊躇《ちゅうちょ》してから、開いた日記を僕の前に差し出した。

僕は不審に思いながらも、開かれたページに書かれていることに目を通した。

「な、なんだよ、これ」

そして、そこに書いてあった文字――日記を読むと、息をのんだ。

問題の日記の日付は、今週の金曜日。七月二十二日になっている。

そして、その日付の下には先ほど読んだ今日の日記と同じく、同一人物が綴ったであろう筆跡で、ハッキリと、こう書かれていた。

・七月二十二日（金曜日）
もしも、これまでの日記がすべて現実になった場合、
天辰真昼はこの世界から消える。

「これ……どういうことだ？」

思わずこぼれた声は、困惑に染まっていた。

だってもう、本格的に意味がわからない。

「ねぇ、この、〝これまでの日記〟って、金曜日より前に書かれてる日記のことかな？」

「は？」

「だって、ほら、見て。この日記帳に書いてある日記の日付、今週の月曜日から金曜日までになってるから」

手渡された日記を改めて見てみると、たしかに今日を含めて計五日分の日記が書いてあった。

「だから、この今週の金曜日の日記の〝これまでの日記〟っていうのは、月・火・水・木の日記のことをさしてるって考えるのが普通じゃない？」

そう言う天辰は、驚くほど冷静だった。

（なんか……おかしくないか？）

対する僕は、そんな天辰に対して不審の念を抱いてしまった。

だって金曜日の日記には〝天辰真昼はこの世界から消える〟って書いてあるのに。

だから当事者なら、普通はそっちに強く反応を示すはずだ。

それなのに、ちっともショックを受けている様子はないし、むしろ僕のほうが驚いているくらいで、天辰はとても普通だ。

「も、もしかして……この日記、天辰が書いたとか？」

「え？」

「僕をからかうために、あらかじめ、ここに日記を隠してたんじゃないのか？」

疑心暗鬼《ぎしんあんき》になった僕がたどり着いた答えはそれだった。

だって、もしもこの日記を書いたのが天辰本人なら、今、天辰が動じていないのにも納得ができるから。

「この余命日記、天辰が書いたのか？」

再度尋ねると、天辰は元々大きな目を更に大きく見開いた。

でも、すぐにフッと口元を綻《ほころ》ばせると、呆《あき》れたように短く息を吐く。

「どうして私が、わざわざこんな手の込んだことをして、きみをからかったりするの？」

「そ、それは……」

「生憎《あいにく》、私はそんなに暇じゃないんだよね。何より、自分がこの世界から消えるとか──冗談で、書くわけないよ」

断言した天辰の声は、それまでと違って真剣だった。

冗談で、自分がこの世界から消えるなんて書くはずない──。

たしかに、天辰の言う通りだろう。だとしたら、僕の推測は外れたってことなのか?

「ご、ごめん。疑ったりして……」

「ううん。きみが疑うのも無理はないよ。だってこの日記、すごく不思議だもんね」

なぜか僕のほうが、天辰に窘《たしな》められる側になっていた。

それをなんとなく不本意に思いながらも、僕はもう一度、余命日記へと目を向けた。

(一体どこの誰が、なんのためにこんなものを書いたんだ?)

僕の名前と天辰の名前を登場させるだけでなく、天辰がこの世界から消えるだなんてことまで書いて――。

「……こんなの、たちの悪いイタズラだ」

「え?」

「こんなことを書くやつの、気が知れない」

口から自然とこぼれた言葉には、静かな怒りがこもっていた。

脳裏を過《よぎ》るのは、教室でのクラスメイト達とのやり取りだ。

相手が傷付くとわかっていることを、本人に聞こえるように言ったりして……。

どこの世界にも、そういう心ないことを平気でするやつはいる。

だからこの余命日記も、そういうやつが書いたのかもしれないと思ったら、言いようのない苛立《いらだ》ちが込み上げてきた。

「でも、さ。もしもこれが、誰かのイタズラじゃなかったら、どうなっちゃうんだろう？」

「は？」

「だって、今日の日付で書かれていた出来事は、当たってたんだよ？　ってことは、明日と明後日と、明々後日の日記に書かれてることが当たったら……。私は、この世界から消えちゃうってことだよね？」

だけど怒りに震えていた僕は、天辰のその言葉で現実へと引き戻された。

「つまり〝余命日記〟って、私の余命に関することが書かれた日記ってことなのかも！」

そう言った天辰は相変わらず冷静……というよりも、今の状況を楽しんでいるように見えた。

瞳を爛々と輝かせて、好奇心が抑えられないといった様子で笑っている。

「ねぇ、きみはどう思う？」

「どう思うって……」

僕は肩透かしをくらったような気分で、呆れ交じりの息を吐いた。

やっぱり天辰真昼は、相当な変わり者だ。僕が言うのもなんだけど、かなりの変人なのかもしれない。

「どう考えたって、日記に書かれていることが現実になるなんて、ありえないことだ。だからこれは誰かが仕込んだイタズラだとしか思えないよ」

「でも、今言った通り、今日の日付の出来事は当たってたよ？」

「それも、ただの偶然に決まってる。偶然以外……考えられないだろ」

そう。そうだよ。こんなの、全部ただの偶然に違いない。

たまたま今日、僕が放課後ここに来て、たまたまそこに天辰がやってきて、たまたまふたりで余命日記を見つけたってだけ。

たったそれだけのことで予言書だとかなんだとか騒いだら、それこそイタズラをした犯人を喜ばせるだけ。犯人の思うつぼだ。

「え～。でも、偶然で、こんなことが的中するかなぁ。それに、そもそも誰が、なんのためにこんなことをしたのかも謎すぎるし」

そう言う天辰はやっぱり、ワクワクしているようにも見えた。

(もしかしたら、天辰って推理小説とかミステリー的なものが好きなのか？)

それにしたって、自分がこの世界から消えるなんて書かれたら、落ち込むか、すごく嫌な気分になるはずだけど。

天辰は変人だから、僕が考える常識みたいなものは当てはまらないのかもしれない。

「ねぇ、これっていかにも、物語の始まりっぽいよね？」

だけど、ひとりで考え込む僕を尻目に、天辰はまた、思いもよらないことを言い出した。

「物語の、始まり？」

「うん。だって今、私達の手の中には、私達の日常を変えるかもしれない不思議なものがあるんだもん。それって、やっぱりすごくドキドキしない？」

窓から差し込んだ優しい光が、天辰の瞳をキラキラと輝かせる。

まるで、何かの映画のワンシーンを見ているようだ――と思った瞬間、今の今まで考えていたことは頭の片隅に追いやられた。

次の瞬間、僕は衝動的に、制服のズボンに入れたスマホを掴《つか》んでいた。

――撮りたい。

強く、そう思った。

たった今見た美しい一瞬を、もう二度と撮れないかもしれない景色を、大切に残したいと思ってしまった。

「日也くん？　急に固まって、どうしたの？」

「え――」

けれど、すぐに現実に引き戻された僕は、たった今掴んだばかりのスマホからあわてて手を離した。

――最悪だ。

自分が今、何をしようとしたかを自覚したら自己嫌悪に陥って、頭から水を浴びたような気持ちになった。

そんな僕のことを、天辰は不思議そうに見つめている。

「日也くん？　本当に、どうしたの？」

「な、なんでもない。本当に、なんでもないから」

「……そう？」

「う、うん。ちょっと考え事をしただけだ」

不穏に高鳴り出した心臓に、もうやめろと心の中で言い聞かせた。

（もう、とっくの昔に諦めたことのはずだろう？）

手放した夢だったはずだ。こんな、今更の衝動に突き動かされて、思い出すようなことじゃない。

「そ、それで。天辰は、それ、どうするつもりなんだよ？」

続けた言葉は完全に、今の自分の気持ちを誤魔化すためのものだった。

「余命日記なんて、そんなもの、さっさと元あった場所に返すべきだと僕は思う」

「え～」

だけど僕の提案を聞いた天辰は、色々なことが腑《ふ》に落ちないといった様子で唇を尖《とが》らせた。

そして少しの間、考え込んだのち、

「あ、じゃあさ。いっそのこと、余命日記が本物かどうか試してみるっていうのはどう？」

なんて、また、とんでもないことを言い出した。

「試してみるって……どういうこと？」

「きみと私で、この余命日記が本物かどうか、検証してみようってことだよ。検証したら、この余命日記に秘められた力の正体がわかるかもしれないし！」

「いやいやいや……。検証って、ほんとに意味がわからない」

僕が全力で否定すると、天辰は今度は納得がいかないといった様子で頬を膨らませた。

「意味なんてわかりすぎるじゃない。この、余命日記とかいうふざけたものが本物かどうか、一緒に検証してみようってことだよ！」

僕を見る天辰の瞳は真っすぐで、少しの迷いも感じられない。

だから、僕の考えのほうが変なのか？と、一瞬、自分を疑いそうになった。

「ねぇ、いい考えだと思わない？　すっごく楽しそうだしさ」

「どこが楽しそうなのか、僕にはサッパリわからないんだけど……。っていうか、僕を巻き込まないでくれ。僕はそんなものには一切の興味もないんだから」

　今度こそ、キッパリと断った。

　けれど僕の答えを聞いた天辰は、また小悪魔顔でほくそ笑むと、後ろで手を組んで、戸惑う僕の顔を覗《のぞ》き込んできた。

「ふぅん。きみ、私の誘いを断るつもりなんだ」

「ま、まさか……」

「あーあ。日也くんに断られたら、私、やっぱり口が滑って、日也くんに関する色々な話を言いふらしちゃうかも～」

　天辰は、そっと目を細めながら僕の返事を待っている。

　天辰が言う〝色々な話〟というのは当然、先ほど彼女が僕を引き留めるために言った諸々のことだろう。

「また……僕を脅すつもりか？」

「まさか。私はきみを、お誘いしてるだけだよ」

　まるで、デートか何かに誘っているかのような口ぶりだった。

　でも、とんでもない。実際は、怪しい予言書的な日記帳が、本物かどうかを一緒に検証しようという、最悪な誘いだ。

（絶対に、検証なんてやりたくない）

どう考えたって面倒なことになる予感しかしないのに、自ら火中に飛び込むなんてバカな真似《まね》だけは絶対にしたくない。

「ねぇ、どうかな？」

だけど今、天辰の誘いを断れば、僕は不名誉な噂《うわさ》を流されてしまうだけでなく、唯一の心安らぐ時間すら奪われてしまうかもしれないんだ。

そうなると僕は結局、天辰の最低最悪な誘いを、断ることはできなかった。

……本当に情けない。僕はどこまでいってもハズレ側の人間で、ハズレばかりを引く運命なのだと思い知る。

「ハァ……わかったよ。一緒に、余命日記の検証をすればいいんだろ」

ため息まじりに答えると、天辰真昼は花が咲いたような笑みを浮かべた。

悔しいのは、その笑顔が眩《まぶ》しく見えただけでなく、世間一般論として可愛らしいってこと。

「これから、よろしくね。日也くん！」

こうして僕は、彼女とふたりで〝余命日記〟の検証をしていくはめになった。

水槽の中の金魚だけが、僕らを見つめる観客だった。

七月十九日（火曜日）

「おー、日也。おはよう！」

朝。高校の最寄り駅の改札を抜けると、後ろから明るい声が飛んできた。

反射的に背中を丸めて振り返れば、僕に向かって笑顔で手を振る和真が見えた。

和真は人混みを抜けて、駆け足で僕のそばまでやってくる。

隣に並ぶと肩にかけていたスポーツバッグを僕がいる反対側にかけ直したから、僕は幾分《いくぶん》か歩くペースを速めた。

「日也って、最近はいつもこの時間の電車に乗ってるん？」

「……まぁ、大体は」

「そっか〜。同じマンションに住んでても、登下校とか意外に会わないもんだよな」

頬を伝う汗を、和真は笑いながら手の甲で拭《ぬぐ》った。

同じマンションに住んでいる僕らが登下校時に会わないのは、僕があえて時間をズラしているからだ。

さすがの和真でも、僕が今、何を思っているのかまではわからない。

最寄り駅から高校までは歩いて五分くらいの距離だけど、和真と歩くと普段よりも長く感じる……。

なんて、そんなことを僕が思っていると知ったら、和真は一体どんな顔をするのかな。

（きっと、すごくショックを受けたって顔をするんだろうな）

想像したら気持ちが沈んで、学校に向かう足が余計に重くなった。

和真は僕のことを幼馴染の友達だと思ってくれているんだ。

だから昨日、僕をからかったやつらを注意したように、僕にあれこれと構ってくる。

だけどさすがの和真だって、もう自分と僕では住んでいる世界が違うことくらいわかっているはずだ。

僕が和真をなんとなく避けていることだって感じているはずだけど、和真はまるで気がついていないふりをして、声をかけてくる。

——僕と和真は、唯一無二の幼馴染。僕は和真の性格も、一応は理解しているつもりだ。

多分、和真は教室でひとりでいる僕を放っておけないんだと思う。

正義感が強すぎるが故に、孤立している僕のことを見て見ぬふりができなくて……。

でも、そういう同情心が僕のちっぽけなプライドを傷付けていることを、和真自身は全く気付いていなかった。

「なぁ、日也。昨日のことだけどさ——」

「おーい、和真！　おっはよ〜！」

ようやく校門に着き、昇降口に向かっている途中、和真が僕に何かを言いかけたところで、後ろから元気な声が飛んできた。

声の主は、いつも和真がつるんでいるクラスメイトのひとりだった。

和真が僕を気遣うように、一瞬だけこちらを見る。

「和真ぁ、世界史のプリントやってきた!?」

「え——あ……うん。お前は？　やってきたのかよ？」

普段なら最高に居心地が悪くなるところだけれど、これ幸いと思った僕は一歩前に出て、さっさとひとりで昇降口に向かった。

そして、すぐに靴から上履きに履き替え、ふたりに完全に背を向けた。

「あ、日也——」

背後の和真が、どんな表情《かお》で僕を見ているのかも大体想像がついている。

だからすぐに思考をシャットアウトすると、足早にその場を立ち去った。

＊＊＊

「う〜ん。日也くん。きみは今日も、いかにもやる気はないですって顔をしてるね」

その日は酷暑の中の体育の授業があったせいか、一日中、気だるかった。

でもきっと、だるさの原因は体育の授業のせいだけじゃない。

（放課後……天辰との約束があったせいだ）

一日の授業が終わり、放課後を迎えた僕らは昨日と同じように生物室を訪れた。

『きみと私で、この余命日記が本物かどうか、検証してみようってことだよ』

奇妙な偶然の一致のせいで、僕らの手の中におさまっている一冊の日記帳。

昨日はその日記帳――【余命日記】を検証しようと提案してきた天辰と、連絡先の交換をした。

そして今朝、早速メッセージが届き、今日から夏休みに入るまでの間、毎日放課後に生物室に来るようにと命令された。

命令されたなんて言ったら、天辰は文句を垂れるかもしれない。

でも、僕からすれば命令という言葉すら生ぬるいと感じる。

（だって僕は天辰に脅されて、無理矢理、余命日記の検証に付き合わされることになったんだから）

視線の先の天辰真昼は、昨日、自分が持って帰った余命日記を開いて見ていた。

『余命日記のことは、ふたりだけの秘密ね。不特定多数に知られたら、この余命日記に書いてあることが本当に起きるのかどうか、検証できなくなっちゃうかもしれないし』

それは昨日の帰り際に、天辰から言われたこと。

その言葉を聞いて、どうやら天辰は本気で余命日記を検証しようとしているんだってことはわかった。

そりゃあ、たしかに、あんなことが書いてあったら不気味に思って気になってしまうのもわかるけれど……。

――もしも、これまでの日記がすべて現実になった場合、天辰真昼はこの世界から消える。

余命日記が本物なら、今週の金曜日に天辰はこの世界から消えるらしい。

だけど、そんなことは普通に考えたらありえないことだ。

(日記に書かれていることが現実になるなんて、それこそ漫画や小説……映画の世界の話みたいじゃないか)

だからやっぱりどう考えても、たちの悪いイタズラだとしか思えない。

何より天辰は昨日、余命日記を書いた犯人は自分じゃないって否定していたけど、まだ完全に天辰が犯人じゃないって確信できたわけでもないし――。

「ねぇ、日也くん」

「……え？」

「きみ、今の私の話、聞いてた？」

と、ぼんやりと考え込んでいたら突然ドアップで天辰の顔が目に飛び込んできて、僕は思わずのけ反った。

「うわっ！　ち、近いだろ！　驚くからやめろよ！」

「えー？　だっていくら話しかけても返事がないから、異世界にでも転生する気なのかと思ってさ」

「ふふっ」と声をこぼした天辰の笑顔は、無邪気な子供みたいだ。

その顔を見たら余命日記を書いた犯人は、本当に天辰本人ではないのかも？　なんて思ってしまった。

「あ、天辰って、ほんと変わったやつだと思う」

「それ、日也くんにだけは言われたくないなぁ」

「う……。そりゃ、そうかもしれないけどさっ。でも、余命日記の検証といい……。その相手に選ぶのが僕だってことも含めて、やっぱり天辰は変わってるよ」

天辰から視線をそらすと、足元に落ちている紙くずが目に留まった。

それは、いつからそこに落ちていたものなのだろう。

誰にも気付かれず、放っておかれた小さなゴミは、まるで僕のような――なんて言ったら、きっと赤の他人は僕のことを卑屈《ひくつ》で気持ちが悪いと言うんだろう。

「そうそう、昨日言い忘れたんだけどさ」

「――え？」

そのとき、上から伸びてきた手が紙くずを拾い上げた。

その行方を視線で追えば、再び天辰にたどり着く。

「私のこと、天辰じゃなくて真昼って呼んでくれる?」

「は?」

「私だってきみのこと、日也くんって呼んでるでしょ? だから日也くんも、私のことは真昼って呼んでほしい」

本当に、天辰は予想外の提案ばかりをしてくる女子だ。

なんと返事をしたらいいのかわからずにいる僕を見てまた小さく笑ったかと思うと、たった今拾ったばかりの紙くずを、スカートのポケットの中に入れた。

「はい、リピートアフターミー。ま・ひ・る」

「いや、言わないけど……」

「いやいや、そこはノッてこようよ」

正直、こいつ、何言ってんだって思った。

やっぱり変なやつだと思った。

でも、どうしてか顔が綻びそうになって……僕はあわてて唇を引き結んだ。

「まぁいいや。とにかく今から私のことは真昼って呼んでね。ぜーったいだよ!」

なんで天辰……いや、真昼がそんなに呼び方にこだわるのかは、わからないけれど。

ここで僅《わず》かな抵抗をしたところで、暖簾《のれん》に腕押しになるんだろうってことだけは予想できた。

（だって多分、嫌だと言ったら、また昨日と同じネタで脅される）

きっと、何を言っても無駄。それだけは昨日のやり取りで学んだから、余計なことを言って、あまた——真昼を刺激するのは避けるべきだと思った。

「マヒル」

「いやいや、心がこもってなさすぎだから」

「……真昼」

「うんうん、オッケー。それじゃあ早速始めよっか！」

名前を呼ぶのに、僕が少しだけ緊張したことなんて、真昼はまるで気付いていない。

その証拠に、真昼は僕に名前を呼ばれたことに満足した様子で、手に持っていた余命日記を開いた。

「あ、そうそう！　その前にもうひとつの約束、覚えてる？」

と、真昼が不意に手を止めて僕を見た。

「え？　あ……ああ、そうだ」

真昼に言われて〝もうひとつ約束〟を思い出した僕は、あわてて自分のスマホをポケットから取り出した。

そしてカメラアプリを起動して、スマホのカメラを真昼に向ける。

『私達がするのは検証だからね。検証動画を、撮っておこう』

っていうのは約束というより、昨日の帰りにされた、真昼から僕への命令だ。

「それじゃあ、余命日記の検証、始めまーす」

(ユーチューバーかよ……)

僕が心の中で呟いた毒など意に介さず、真昼は今日の日付が書かれたページを開いた。

真昼がノートを開いたのを確認してから、僕はスマホ画面の録画ボタンをタップした。

・七月十九日（火曜日）
佐野日也と天辰真昼は、放課後待ち合わせをすると、ふたりで美術室に向かった。

そこで、ひとりきりの美術部員・小動穂香《こゆるぎほのか》と出会う。

穂香は作品展に提出するための作品を制作中だが、参加を諦めようとしていた。

しかし、小動が描いた絵を見た日也と真昼はいたく感動し、小動に作品展に参加するように強く勧めたのだった。

「――と、いう感じです」

今日の日記を読み終えた真昼を画面越しに見た僕は、一旦動画を停止してから改めて今日の日記に目を通した。

「これ……昨日読んだときにも思ったけど、どうしてまた僕らの名前が出てくるんだ？」

本当に、気持ち悪いことこの上ない。この日記を書いたやつの気が知れない。

「もしかして、私と日也くんのストーカーとか？」

「は？」

「うそうそ、可愛い冗談だよ」

だけど日記を読み終えた真昼は、相変わらずあっけらかんとしている。

そういう姿を見ると、やっぱり余命日記を書いたのは真昼なんじゃ？と疑いそうになるけれど、本人が否定してる以上、真実を確かめる術はない。

「っていうか、昨日も思ったけどさ……。ここに書かれてる日記の通りになったら真昼がこの世界から消えるって言うなら、やっぱり検証なんてやめるべきじゃないか？」

「え、なんで？」

「なんでって……。そもそも、僕らが日記の通りに行動しなければいいだけの話だし。今のままだと余命日記の検証をすることが、余命日記に書かれていることを現実にする原因になるんじゃないかと思うんだけど」

多分、僕の言い分は間違っていない。

放課後、僕らがこうして集まりさえしなければ、余命日記に書かれている通りにはならないんだから。

だけど、昨日もそう言った僕に真昼は——。

「あはは。たしかに、きみの言う通りかもだよね」

なんて、今と同じく、他人事のように笑うだけだった。

「あのさ……。もしも真昼が、あえて余命日記に書かれている通りに行動しようとしてるんだとしたら、僕は納得できないんだけど」

「え？」

「だって、そんなのもう検証でもなんでもないし、僕らは日記を書いたやつに誘導されて動いてるってだけの話になるだろ？」

さすがに少しイラついて語尾を強めれば、真昼は一瞬だけ難しい顔をした。

「だから、僕はやっぱり検証なんてやめるべきだと思う」

「でも……昨日の日記に書かれていたことが当たっていたのは、たしかなんだよ？」

「それは……」

「っていうか今、日也くんは余命日記の検証をすることで、この日記の通りになるって言ってたけど……別に、そうとも限らなくない？」

けれど真昼はすぐに調子よく笑うと、もう一度余命日記に書かれた今日の日記を指さした。

「──小動が描いた絵を見た日也と真昼はいたく感動し、小動に作品展に参加するように強く勧めたのだった」

「それが、どうしたっていうんだよ」

「だからさ。ここには、こう書いてあるけど。小動さんって人が描いた絵を見て私と日也くんが感動するかどうかは、誰にもわからなくない？ってこと」

「あ……。まぁ、言われてみれば、たしかに……」

「もしも本当にひとりぼっちの美術部員である小動穂香さんに会えたとして、私達が彼女の絵を見て感動しなかったら、余命日記は予言書でもなんでもない、ただのイタズラだったって証明になるよね」

……うん。それは、真昼の言う通りだ。

それでもし、余命日記が予言書ではないと証明されれば、真昼も安心できるということだろう。

同時に僕は、〝僕が小動さんという人が描いた絵に感動しなければ、このくだらない検証から早々に解放される〟なんて、ズルいことを考えた。

だって、真昼は僕が何を言っても検証をやめるつもりはなさそうだ。

そうなると脅されている僕も付き合わなければいけないけれど、検証が早々に終了するなら、願ったり叶ったりということになる。

「……わかった。それならもう、時間がもったいないから、さっさと行こう」

こうなったら、ズルくてもなんでもいい。

僕はとにかくこの奇妙な状況から、いち早く抜け出したかった。

「うん、じゃあ行こっか」

そうして僕らは生物室を出ると、余命日記を検証するために、ふたりで美術室へと向かった。


「本当は最初から検証動画を撮りたいところだけど、そうなると相手に嫌な印象を与えるかもだから、とりあえずここは様子見で自重《じちょう》しよう」

美術室の近くまで来ると、真昼は僕を見てそう言った。

それを聞いたときには正論だと思う一方で、人の日記を勝手に見るようなやつが何を言ってんだとも思った。

(でもまぁ、真昼の中に良心が存在しているのを知れてよかった)

あとはその良心が、僕にも向いてくれることを願うばかりだ。

僕らはなんとなく忍び足で美術室の扉の前まで行くと、ふたりでこっそり中を覗いた。

「あ――」

すると、美術室の中に女子生徒がいるのを見つけた。

まさか、彼女が――。

「小動……穂香、さん？」

思わずといった様子で声をかけたのは真昼だ。

女子生徒は声かけに反応して振り返ると、扉の前に立つ僕らを見て驚いたような顔をした。

「は、はい。私は、小動穂香ですが」

（嘘だろ……）

余命日記に書かれていた小動穂香は実在していて、本当にひとりで美術室にいた。

「小動さんは、もしかしてたったひとりの美術部員ですか？」

「え？　は、はい。今、美術部に所属しているのは私だけです」

その上、たったひとりの美術部員であるというところまで現実になってしまった。

最悪なことに、ここまでは余命日記の通りだ。

僕の背中を嫌な汗が伝い落ち、不本意ながら心臓は不穏に高鳴り始めていた。

「小動さんって、何年生ですか？」

「え、と……一年ですけど」

「もしかして、作品展に参加するための絵を描いてたりする？」

「え⁉ ど、どうして知ってるんですか⁉」

対する真昼は淡々と、小動さんに質問をし続けた。

小動さんは真昼の問いに驚きと戸惑いを隠せない様子で目を白黒させている。

ふたりのやり取りを見ていた僕は、隣にいる真昼のコミュ力に驚くばかり。

（初対面の相手に、僕ならこうも次から次へと質問はできない）

でも……真昼もそれだけ、余命日記の検証に本気だってことなのだろう。

実際、自分がこの世界から消えるなんて言われたら、その経緯と真偽を確かめたくなる気持ちもわからなくはない。

「もうひとつだけ、質問してもいいかな？」

小動さんが後輩だとわかったので、真昼の口調から敬語が消えた。

「その作品展には、せっかく描いたはずの絵を提出しないつもりなの？」

「な、なんで？ なんでそんなこと、あなたが知ってるの⁉」

だけど、本気で驚いた――というより、完全に警戒モードになった小動さんからも敬語が消えた。

当の僕はと言えば、ここまでのすべてが余命日記に書かれていた通りになってしまって、絶望感すら覚え始めていた。

「ごめんね、驚かせてばかりいて。とりあえず私達は怪しいものじゃない……って、普通に怪しいけど。私は二年の天辰真昼。それでこっちが、私と同じクラスの佐野日也くん」

「天辰先輩に、佐野先輩……？」

「あ、私はできれば、真昼って呼んでほしいな」

「真昼……先輩？」

「うん、そうそう。いい感じ」

小動さんが相手でも、真昼が下の名前で呼ばれることにこだわるとは思わなくて、僕は内心で首を捻った。

（……別に、僕だけが特別ってわけではないのか）

別に、だからなんだという話だけれど。

真昼はどうして、下の名前で呼ばせることに、こだわるんだろう。

「それでね、私、小動さんに今日はお願いがあって来たの」

「お願い……ですか？」

「うん。実は私達、小動さんが描いた絵を――」

「真昼、ストップ」

「え？」

「その前に、小動さん。今話したことって、僕達以外に、誰か知ってる人っている？」

僕は『絵を見せてほしい』と言いかけただろう真昼の言葉を止めて、はじめましての相手である小動さんに質問をした。

普段なら、絶対にこんなことはしないけれど、僕はどうしても、確認せずにはいられなかった。

「私が今話したことって、作品展に、今描いている絵を出さないつもりでいる……とか、そういう話のことですか？」

「うん、そう」

僕がなぜ小動さんにそんな質問をしたのかと言えば、もちろん、余命日記の犯人が誰なのかを探るためだ。

仮にもし、小動さんが今の話を誰かに話していたとしたら、その人物こそが余命日記を書いた犯人だという可能性がある。

「友達とかにも、話してたんじゃない？」

内心、そうであってくれという気持ちで聞いた。

だって犯人の正体が見えてくれれば、余命日記の奇妙さが半減するかもしれない。

「いえ……。今、先輩達に話したことは、美術部の顧問の池谷《いけたに》先生しか知りません」

「え……」

「だから私、すごく驚いています。もしかして池谷先生が、先輩達に話したんですか？」

だけど僕が抱いた僅かな希望は、粉々に打ち砕かれてしまった。

今の小動さんの話が本当なら、今日の日記に書かれていたことを知っているのは小動さん本人と、池谷先生だけということになる。

でも、小動さんは今話している感じだと、余命日記の存在を知っているふうではない。

そうなると、余命日記を書いたのは池谷先生ってことか？

それにしても先生が、余命日記なんてふざけたものを書くだろうか。

特に金曜日の日記――真昼がこの世界から消えるなんて、一教師がイタズラで書いたとしたら大問題だ。

「……犯人は、池谷先生じゃないよ」

「は？」

「池谷先生って、生徒想いの先生で有名だし。去年、池谷先生が受け持ってたクラスでイジメがあったときも、池谷先生はイジメられてた生徒に寄り添って、問題解決に力を注いだって有名だし」

そんな先生が、イタズラで生徒の死を匂わすような日記を書くわけがない。

それは真昼の見解だけれど、僕もたった今真昼が言った池谷先生の話は小耳に挟んだことがあったから、さすがに先生が余命日記を書いた犯人だとは思えなくなった。

「あ、あの……。それで、おふたりは何をしにここに来られたんですか？」

たまりかねた様子で尋ねてきた小動さんの声に、お互いに小声で話していた僕と真昼は目を瞬いた。

「ご、ごめんね！　えーと……そ、それでね。実は私達、小動さんが描いた絵を見せてもらえないかな～と思って来たんだよね」

「え……。私が描いた絵を、おふたりに見せるんですか!?」

狐につままれたような顔をした小動さんを前に、僕は複雑な気持ちになった。

だって、ここまでは余命日記の通りになっているんだ。

あとは僕らが小動さんの絵を見て感動したら――アウト。

正直に言うと、僕はこれまで生きてきて一度も絵画を見て感動したことがないから、大丈夫だと高《たか》を括《くく》っていた部分があった。

でも、昨日からここまで日記の内容が当たり続けているせいで、少し不安が増している。

「わ、私が描いた絵なんて、先輩達にお見せできるようなものではないです！」

小動さんは突然のお願いに驚きながらも恐縮《きょうしゅく》していた。

（というか、僕らのこと、絶対に変なやつらだと思っているよな）

僕はチラリと真昼の顔色をうかがった。

すると案の定、真昼は前を見据えたまま堂々と美術室の敷居を跨《また》いだかと思えば、一気に彼女との距離を詰めた。

「でも、せっかく描いた絵なのに、誰にも見せないまま終わるなんて寂しい気がしない？」

真昼の言葉に、小動さんが再び目を瞬かせる。

「だって一生懸命、描いていたものなんだよね？　小動さんの絵も、誰かに見てほしいって思ってるかもしれないよ？」

真昼には詐欺師の才能がある――なんて言ったら、さすがに怒られるかもしれない。

そっと微笑む真昼を前に、小動さんの意志が揺れているのが伝わってきた。

制服の上につけているエプロンには、色とりどりの絵の具がついている。

よく見れば手も黒鉛で汚れていて、彼女がどれだけ真剣に絵と向き合っているのか感じ取れた。

「お、おふたりは、私をからかっているわけではないんですよね？」

「もちろん。そうは言っても、初対面のくせにこんなお願いをして、不審に思われても仕方がないってわかってるよ。でも、それでもどうしても、私達は小動さんが描いた絵を見たいの」

真昼は頑として引かなかった。

彼女の表情と声には迷いがなくて、やけに説得力がある。

「わ、わかりました。そこまで仰るのなら……」

どうやら小動さんも、僕と同じように真昼から熱い何かを感じたらしい。

ほんの少しの沈黙のあと、彼女は意を決したように拳を強く握りしめた。

「絵は既に完成していて、準備室に置いてあるんです」

そうして小動さんは僕達に美術室で待つように告げると、自分は隣の準備室に入っていった。

戻ってきたときには上半身が隠れるくらいの大きさの絵画を持っていて、彼女はそれを美術室に立ててあったイーゼルに載せた。

絵画には丁寧にカバーがかけてあり、見ることはできない。

小動さんはしばらく絵画の前で立ち竦んでいたあと、小さく深呼吸をしてから僕達を振り返った。

「この絵を見せるのは、池谷先生を除くと先輩達が初めてです」

言葉のあとに、ゆっくりとカバーが外される。

僕は異常に緊張していた。

心臓なんてバスケットボールみたいに弾んでいて、鼓動の音がやけに耳についてうるさかった。

「これが、私が作品展に出展しようと思って描いた絵です」

――するり、と、カバーの布が完全に外された音がした。

すると僕らの目の前に……二匹の金魚が現れた。

その瞬間、僕の目は釘付けになった。

小動さんが描いた絵は、二匹の色の違う金魚が、キャンバスの中を本当に泳いでいるかのような、自由と希望に溢《あふ》れたものだった。

僕が毎週月曜日、生物室で見ている金魚と同じなのに、まるで違っている。

朱色の頭をした金魚は、尾に向かうにつれて色が金色に変わっていき、あちこちに白い光の粒を飛ばしているように表現されていた。

反対にもう一匹の金魚は青紫で頭に向かうにつれて黒くなり、キャンバスの底に向かって泳いでいるように描かれていた。

これを描いたときの筆の勢いが、絵を通して伝わってくる。

濃淡の違い、飛沫《しぶき》の躍動感と迫力、フィクションなのにリアルにも見えるような――心の奥の奥に訴えてくる叫びが、彼女の絵から聞こえた気がした。

「タイトルは、〝ワタシとアナタ〟です」

「すげぇ……」

思わず感嘆《かんたん》が口をついて出ていた。

種類の違う二匹の金魚。けれど大きく括れば、〝同じ金魚〟だ。

それでもキャンバスという水槽を泳ぐ二匹は、まるで違う泳ぎ方をしているのだと想像させた。

上へと向かっている朱と金色の金魚とは反対に、下に向かっていく青紫と黒の金魚。

上に向かう金魚はまるで、希望の象徴にも見えたけれど、だからと言って、下に向かう金魚から悲壮感が香《かお》ってくるわけではない。

青紫と黒の金魚は、自分がそうしたくて下に向かっていっているように見えたのだ。

まるで、あえて、朱と金色の金魚とは袂《たもと》を分かつ決断をしたかのような。

僕はどうしてかその二匹に――和真と自分を重ねてしまった。

「せ、先輩?」

知らぬ間に僕は、絵の世界に捕らわれていた。

そして小動さんに呼ばれて我に返ったら、今の気持ちを彼女に伝えなければいけないという使命感に駆られた。

「ぼ、僕は全然、絵とか詳しくないし、美術館とかも好んで行くタイプじゃないんだけど。でも、小動さんが描いたこの絵がすごいってことはわかるよ。すごいって言葉でしか感想を伝えられないのが申し訳ないけど――本当に、すごい」

自分の語彙力《ごいりょく》の無さに呆れる。

だけど、今の想いを一言で表すのなら、そう、感動――。

ああ、そうだ。僕は彼女の絵を見て、感動している。

【小動が描いた絵を見た日也と真昼はいたく感動し、小動に作品展に参加するように強く勧めたのだった】

結局、余命日記に書かれていた通りになった。

（ま、真昼は――）

でも、僕だけが感動しても日記の内容が当たったことの証明にはならない。

そう思って隣に立っていた真昼に目を向けた僕は、驚いて息をのんだ。

（な、泣いてる？）

真昼は、僕の隣で静かに涙をこぼしていたのだ。

透明な雫《しずく》が、彼女の頬を伝い落ちる。

陽光に彩られた輪郭《りんかく》と涙。真昼の横顔はとてもきれいで、僕は不本意だけどその光景に見惚《みと》れてしまった。

「私……こんなに素敵な絵、見たことないよ」

「ほ、本当ですか？」

「本当だよ。小動さん、この絵、本当にすごいね。何より、こんなに素敵な絵を描いた小動さんも、めちゃくちゃすごい！」

そう言うと真昼は、手の甲で涙を拭った。

僕は彼女の一挙一動から目が離せなくて、自分でも知らず知らずのうちに——スマホを手に取っていた。

そして、目の前にある美しい光景を撮影した。

小動さんが描いた絵を見て感動し、涙を流している真昼の姿を動画におさめたのだ。

「ちょっと、きみ……。人が泣いてるところを撮るとか、だいぶ性格悪くない？」

けれどすぐに画面越しに真昼に睨《にら》まれて、我に返った。

「え……あっ。ご、ごめん！」

「もう。謝って済めば警察はいらないんだからね。でもまぁ、きみが積極的に〝検証動画〟を撮ろうとしたことは褒めてあげる」

幸い、真昼は笑って許してくれたけれど、このときの僕は言われてから検証動画のことを思い出した。

（そうだ……余命日記の検証動画、撮らなきゃいけないんだった）

今の僕はただ、目の前のきれいな光景を撮りたいと思ったから、そうしただけ。

でもこの場合は、検証動画を撮ろうとしたってことにしておいたほうがいいだろう。

（だけど――）

思わずスマホを持っていた手をおろして、固く握りしめた。

今みたいに胸が震えて、衝動的に動画を撮ったのは……いつぶりかな。

「ねぇ、小動さん。この作品は絶対に、作品展に出すべきだと思う」

次に真昼が小動さんに迫ったときには、真昼の目に滲《にじ》んでいた涙は消えていた。

今の真昼は力強く真っすぐに、小動さんを見つめている。

当の小動さんはと言えば、困惑した様子で真昼から視線をそらしたあと、小さく震える息を吐いた。

「でも……私、自信がないんです」

「自信がない？」

「はい。作品展に出しても、誰の目にも留まらないかもしれない。それだけならまだしも、〝こんな絵をよく出展できたな〟って笑われたらと思うと、怖くてたまらないんです」

他人からの評価が怖い。それは創作者なら、誰でも一度は抱く気持ちだろう。

「だから私は今、先輩達が褒めてくれただけで満足です。別に作品展にこだわる必要はないし、私がこの絵を好きなら、もうそれでいいかなと思っていて」

そう言って自身が描いた絵を振り返った小動さんは、笑っているのに泣いているように見えた。

今、僕の胸がどうしようもなく痛むのは、小動さんの気持ちが痛いほどわかるからだ。

――自分が夢中になって創り上げたものが誰にも評価されず、批判の的になるのは耐えられない。

本気で創ったものを笑われたら、自分自身が否定されたような気持ちになるんだ。

(そんなことになるならいっそ、自己満足の世界で生きていたほうが楽だよな)

そう思うと僕は、小動さんに作品展に出展するべきだと強く勧められなかった。

だって……〝逃げた立場〟の僕が、言えることじゃないから。

「おふたりが、この絵を褒めてくださってとても嬉《うれ》しかったです。本当にありがとうございました」

だけど、小動さんがそう言ってこちらを向いた瞬間、

「――私達に褒められたから満足した？　そんなの嘘でしょ」

僕の隣にいた真昼が、凛とした声を響かせた。

「だって小動さんはこの絵を作品展に出すために描いたんでしょ？　それなのに作品

展に出さずに満足するなんて、絶対にありえないから」

断言した真昼は、相変わらず真っすぐに小動さんを見つめている。

「そもそもさ、笑われたり、批判されるのが嫌だから人に見せたくないっていうの、私は納得できないよ」

「お、おい……っ」

「別に笑われてもいいじゃない。批判されてもいいよ。そんなの全部、言いたいやつには勝手に言わせておけばいい」

力強くて、迷いのない眼差しが、下を向いていた僕らを射抜いた。

「あなたには、あなたにしか生み出せない作品《もの》があるんだもん。自分が好きで愛しているものを、〝ねぇ、見て！　すごいでしょ！〟って見せびらかすことの、何が悪いの？」

続けられた真昼の言葉に、僕と小動さんは息をのんだ。

――自分が好きで愛しているものを、見せびらかして何が悪い。

きっと……多分、悪くない。

好きだから、自分以外の誰かにも知ってもらいたい。

自分が愛しているものを、自分以外の誰かにも見てほしい、自慢したい――って感情は、誰もが当たり前に持ち合わせているものだから。

人によって対象がアイドルだったり、便利グッズだったり、お菓子だったりと様々だろうけど、その理屈なら絵画だって、見せびらかしてもいいんじゃないか。

「そりゃあ、自分が好きなものを相手も好きだって言ってくれるとは限らないけどさ。でも別に、それはそれでいいよね。あなたの好みには合わなかったんだね、そっかぁ。って、それだけのことだよ」

そこまで言った真昼は、子供みたいに無邪気な笑みを浮かべた。

「私は、小動さんが描いたこの絵が好きだよ。すごく感動したから、私以外の人にも見てほしいって思う。知ってほしいなって思う」

真夏の太陽を隠していた分厚い雲が、いつの間にかどこかへ消えた。

もしも——小動さんの気持ちが変わって、この絵を作品展に出展すると言い出したら、本当に余命日記の通りになってしまう。

だから本来であれば僕は、〝小動さん、作品展に出さないままにしよう〟って言うべきなんだ。

そうすれば余命日記は当たらなかった。誰かのくだらないイタズラだったってことになって、早々に、このくだらない検証からも解放される。

(わかってる。頭では、わかってるけど……)

心の中で唱えた僕は、もう一度小動さんが描いた二匹の金魚に目を向けた。

まるで、今すぐにでもキャンバスから飛び出してきそうな、躍動感のある金魚達。

空想の世界なのに、現実の世界を見ているような気分になった。

現実の世界でも、こんなふうに泳げたら、どれだけ気持ちがいいだろう。

誰の目も、言葉も気にせず、自由に自分が進みたい方向へ、力の限り泳いでいけたら——。

きっと、この絵を見て、今の僕のように思う人がいるはずだ。

そしてそのうちの何人かは、現実世界で本当に自分が進みたいほうへと泳ぎ始めるかもしれない。

小動さんが描いた絵は、キッカケだ。

人の心を動かす作品。

この絵には、それだけの力があると僕は強く感じていた。

「僕も……小動さんに、この絵を作品展に出してほしい」

「え？」

「だって、絵を見てこんなに心を揺り動かされたのは初めてだったから。小動さんが描いたこの絵は、悩んでいる誰かの心を〝すくい上げる〟かもしれない」

もう検証がどうだとか、自分が解放されたいとか、理屈ばかりを考えるのはやめた。

全部抜きにしても、僕はこの絵を作品展に出すべきだと思ったから。

そして、ひとりでも多くの人にこの絵を見てほしい。この絵を見た人と、感じたことや受けた印象を話して、感動を共有してみたいとすら思っていた。

「……ありがとう、ございます」

僕らの訴えに返された言葉は、涙で濡れていた。

「まさかこの絵を見てくれた人に、そこまで言ってもらえるとは思いませんでした。本当にありがとうございます」

小動さんは、黒鉛で汚れた手とは反対の手で、落ちてきたばかりの涙を拭った。

「私、いつの間にか自分の作品に自信が持てなくなっていたんです。そしてこの絵は、そういう想いを二匹の金魚として表現した作品だってこと……今更、思い出しました」

振り返った小動さんは、自分の目の前で力いっぱい泳ぐ二匹の金魚を見て、とても優しく目を細めた。

「作品展や展覧会で、たくさんの才能溢れる人達の絵を見るたびに、私は自分が何を描きたいのか、何を描いたらいいのかわからなくなっていったんです」

自分には、才能なんてない。もう辞めたほうがいいと、小動さんは今日まで放課後の美術室でひとり、悩み続けてきたんだろう。

「でも、今の先輩達の話を聞いて、人と自分を比べるのはもうやめようって思いました。だって……私は、私ですもんね」

　人は人、自分は自分。

　子供の頃には当たり前のように聞いていた言葉だけれど、いざ本当にその言葉通りに割り切れるのかと言えば難しい。

　更に身勝手な大人達は僕らが成長したら、〝あの子はこうなんだから、あなたももっと頑張りなさい〟なんて、都合よく手のひらを返すんだ。

「この、〝ワタシとアナタ〟は、それぞれがそれぞれの色を持って、世界を自由に泳いだらいいという願いを込めて描いた絵でした。夢中になって描いた絵です。……だから私はやっぱり、もっとこの絵を私以外の誰かに見てほしい」

　晴れやかな青空。今の小動さんは、そんな言葉が似合う表情をしていた。

　そして、僕の隣に立つ真昼は——どうしてか、彼女を見て泣きそうな顔で微笑んでいた。

「ど、どうしたんだよ」

「え？」

「なんでそんな顔して……って。いや、ああ……そうか」

　僕は言いかけた言葉を止めた。それは真昼が今、泣きそうな顔をしている理由が、聞かなくてもわかってしまったからだ。

（結局、結末は余命日記に書かれていた通りになったんだもんな）

つまり、余命日記に書かれていたことは当たったわけだ。

もしも本当に、あのふざけた日記帳が予言書的なものだとしたら、今週の金曜日、天辰真昼はこの世界から消える……らしい。

だから今、真昼は自分が本当に消えるのかもしれないと思って泣きそうな顔をしているんだと思った。

「それで……余命日記、なのかな」

「え？」

「あ、い、いや。なんでもない」

つい疑問が口をついて出てしまい、あわてて首を振って誤魔化した。

でも、〝消える〟って普通に考えたら、〝死ぬ〟ってことだよな。

だから、余命日記。天辰真昼が――死ぬまでの日記。

改めて考えたらゾッとした。

（もしかして、真昼が僕を脅してまで、余命日記の検証に付き合ってって言ったのも、本当は不安でたまらないからか？）

これまでの言動は全部強がりで、本当は今も日記の内容が現実になるんじゃないかと怖くて仕方がないのかもしれない。

そう考えた僕は、少しだけ真昼に同情した。

同時に、余命日記なんてくだらないものを書いたやつに、心底腹が立った。

「でも、よかった。小動さんが作品展に作品を出せば、美術部も存続されるんだよね？」

そのとき、真昼が不意にそんなことを小動さんに尋ねた。

それも余命日記に書いてあったか？と僕は首を傾げたけれど、今、余命日記を持っているのは真昼なので確認ができない。

「はい。うちの高校では、部員がひとりでもいれば部活動ができるって決まりがあるんですけど、きちんと活動記録を残さなきゃいけないっていう縛りもあって……。私は、どうせひとりで自己満足で絵を描いているだけなら、もう美術部も辞めてしまおうかと思っていたところだったんです」

聞けば、小動さんが今年の四月に入部した際には、三年生の美術部員がいたらしい。

でも、その三年生が五月に入った頃、早めに受験勉強に専念したいからという理由で退部し、小動さんひとりが美術部で活動することになったという話だった。

「あ、あの。色々、本当にありがとうございました。今更なんですが、おふたりはどうしてこの絵のこととか、私が作品展に出すのを迷っていたこととか、知っていたんですか？」

小動さんに改めて尋ねられた僕は、ドキリとした。

まさか余命日記に小動さんのことが書かれていたからです、なんて言えるわけがない。

「ええと、それは——」

「日也くんがね、突然、美術室に遊びに行きたいって言い出したの。それで、せっかくなら誰かが描いた絵を見せてもらおうとか言い出しちゃって」

言い淀む僕の言葉を遮って、真昼が答えた。

「私は迷惑になるからやめようって止めたんだけど。日也くんって、こう見えてかなり強引なところがあって、どうしても行くって言って聞かなくてさ」

(それはお前だろ！)

思わず心の中で叫んだけれど、僕は唖然《あぜん》としてしまって何も言えなくなった。

何より今、言い訳したら、いよいよ余命日記のことを話さなきゃいけなくなる。

(ああ、そうか)

真昼はそれも計算済みで、堂々と僕に罪を擦《なす》り付けたんだ。

ついさっき真昼に同情した自分を、騙《だま》されるなと殴りつけたくなった。

「作品展のことは……なんとなくそうかなって思って聞いてみたら当たった感じで、私達も驚いたよ！　ほんと、突然来て、変なことをお願いしちゃってごめんね」

「そ、そうだったんですね。でも、私は今日、おふたりに会えてよかったです。作品展への出展希望用紙の締め切りが、今日までだったので……。私はこのあと、池谷先生に用紙を出しに行こうと思います」

そう言った小動さんの顔はやっぱり晴れ晴れとしていて、なんだか僕まで心が軽くなった。

不本意だけれど、結果的に、人助け的なことができたと解釈してもいいのだろうか。

「こちらこそ、素敵な絵を見せてくれてありがとう」

そうして僕らは小動さんにお礼を言うと、美術室をあとにした。

いつもは煩《わずら》わしく感じるだけの蝉《せみ》の声が、今は不思議と心地よく感じられた。

「ねぇ、日也くん」

「……なに」

だけど、このとき僕は真昼に対して、僕を都合よく言い訳に使ったことに、文句のひとつも言ってやろうかと思っていた。

「さっき、きみが撮ってた私の動画、きれいに撮れた？」

でも、続けられた言葉を聞いたらドキリとして、何も言えなくなってしまった。

「あれ、絶対に消さないでね。……大事な、検証動画なんだから」

茜《あかね》色に染まり始めた太陽が、真昼の輪郭を同じ色に染めている。

胸の奥で燻《くすぶ》っていた熱がまた燃え広がるのを感じて、僕はあわてて必死に抑え込んだ。

「——消さないよ。消せるわけ、ないだろ」

あのときの行動に、誰よりも戸惑ったのは僕自身だ。

目をそらした僕を見て真昼は無邪気に笑うと、

「ありがとう」

と言って、また前を向いて歩き出した。

七月二十日（水曜日）

真昼と美術室に行き、小動さんの絵を見た日の夜。僕は久しぶりに小学校の卒業文集を開いた。

賑やかな紙面には、それぞれの大切な想いが詰まっている。

僕は自分のページを開いて、【将来の夢】と書かれた項目に目を留めた。

不格好な文字で書かれた、幼い自分が描いた未来。

いつか必ず叶うと信じて疑わなかった、僕の夢。

「……もう、諦めたはずだろ」

独りごちて、膝の上で拳を強く握りしめた。

僕はすぐに文集を閉じると部屋の灯りを消して、ベッドの中に潜り込んだ。

暗闇は心地がいい。だって、何も見えないから。

何も——見なくて済むから。

(もう……全部、諦めたんだ)

スマホのカメラを起動しても、そこに映るのは黒一色の何もない世界。

僕はそれを胸に抱くと瞼を閉じて、いつか言われた言葉を、自分自身に言い聞かせた。

『現実を見ろ。このままじゃ、お前だけが取り残されてしまうぞ』

＊＊＊

「日也、おはよう」

水曜日、目覚めは最悪だった。

嫌な夢を見ただけでなく、エアコンのタイマーをかけ忘れたせいで喉が嫌な感じに乾燥していた。

「ねぇ、和真くん、この間の期末テスト、学年で三番だったんだって？」

それでも僕はいつも通り制服に着替え、食卓についた。

すると今度は焦げ目のついた食パンと一緒に、今、一番聞きたくない名前を母の口から聞かされた。

「ほんと、和真くんってすごいわよねぇ。日也も似たような環境で育ってるはずなのに、どうして和真くんとこんなに差がついちゃったんだか」

かじったパンは苦くて、焦げの嫌な匂いだけが鼻に残る。

――どうして、こんなに差がついたのかって？　それは、僕が一番知りたいことだ。

「……いってきます」

朝食を食べ終えると早々に家を出た。

朝からうだるような夏の暑さを感じる、憂鬱な一日の始まりだった。

＊＊＊

「なぁ、夏休み、どうする～？」

今週が終われば、いよいよ待ちに待った夏休みに突入する。

そんな事情もあり、今日は休み時間のたびに教室内で夏休みに関する話題が飛び交っていた。

（まぁ、相変わらず僕には関係のない話だけど）

最後に夏休みが楽しみだと感じたのは、いつだろう。

学校に来なくていいのは楽だけれど、家にいたってやることはないし、今朝のような小言を言われるくらいなら、まだ学校があるほうがマシだとも思ってしまう。

「和真！　今年も、みんなで一緒に海行かね⁉」

放課後になると、夏休み談義は一層華やいだ。

僕は月曜日の失敗を踏まえ、さっさと帰り支度を済ませて教室を出ようとした。

「あ、日也！　今から帰るなら、途中まで一緒に行こうぜ！」

だけど席を立った瞬間、和真に声をかけられた。輪の中心にいる和真が声をかけたことで、当然ながら周りにいたクラスメイト達の視線も僕に集中した。

「えー、和真、もう帰るのかよー」

「いや、違うよ。職員室に行く用事があるから、途中まで日也と一緒に行けたらいいかなって思ってさ」

ごく当たり前のことのように答えた和真に、クラスメイト達が不満そうな顔をした。

彼らは和真が不在になることも嫌なんだろうけど、それよりも、クラスの人気者である和真が、僕みたいな冴《さ》えないやつを構うことに納得がいかないんだ。

「あー、そうだ。夏休み、みんなで映画とか見に行くのはどう？」

そのとき、和真が何気なくそんな提案をした。

思わずギクリとした僕は心の中で、『それ以上、余計なことを言うな！』と叫んだ。

「……それってもしかして、佐野も一緒にってこと？」

「もちろん。いや、お前ら知らないだけでさ、日也、めちゃくちゃ映画とか詳しいんだよ」

「え、そうなん？」

ドクン、ドクン。心臓が警笛を鳴らすように脈打っている。

身体の奥底から羞恥心と怒りが込み上げてきて、僕はそれを理性で必死に押し込めようとした。

「な、日也。久しぶりに一緒に映画、見に行こうぜ」

僕と和真は幼馴染だ。和真は純粋に、僕と映画を見に行きたくて誘ってきたんだろう。

でも――だけど！

「……行くわけないだろ」

「え？」

「だから……行くわけないだろ。っていうか、どうしてそれくらい、わからないんだよ」

自分でも驚くほど低い声が出た。

同時に、今の今まで夏休み談義で盛り上がっていた教室内の空気は、深い海の底に沈んだように重くなった。

「に、日也？」

「引くわ～。和真がせっかく親切心で誘ってやったのに、なんだよその言い方」

僕の返事を不服に感じたらしい和真の友人が口を開いた。

「つーか、何様だよ。幼馴染の和真にならなにを言ってもいいとか思ってんの？　マジ、気持ち悪いんですけど！」

「おいっ！　だから、日也にそういうこと言うなって！」

いつも通りだ。すぐさま和真が止めに入った。

けれど、僕に食ってかかってきたそいつは、和真に止められたことが気に障ったんだろう。

今度はブレーキが壊れた車のように、勢いよく言葉を吐き出した。

「あのな！　前から思ってたけど、和真がそうやって甘やかすから、佐野がつけあがるんだって！」

「に、日也がつけあがる？」

「そうだよ！　今言った通り、佐野は幼馴染の和真になら何を言ってもいいとか、どんな態度をとってもいいとか思って甘えてんだよ！」

そいつはそう言うと、僕を強く睨みつけてきた。

「ほんと、佐野は和真みたいな幼馴染がいて、超ラッキーだよな。和真にくっついてりゃ、絶対に見捨てられないし、気楽だろうし」

（和真が幼馴染で、ラッキー？　……気楽？）

「佐野にとっちゃ、和真は自慢の幼馴染だろうけど。和真からすれば、佐野ってただの足を引っ張るだけの存在だから！」

断言されて、僕はまた自分の頭に血が上っていくのを感じた。

僕にとって、和真が自慢の幼馴染？

僕は和真の足を引っ張るだけの存在？

「……お前に、何がわかるんだよ」

「は？」

「お前みたいなやつに！　僕の何がわかるんだって言ってる！」

次の瞬間、僕は力いっぱい叫んでいた。

興奮しているせいで息が切れて、握りしめた拳は震えていた。

「僕は……っ、和真が幼馴染でラッキーだなんて思ったことは一度もない！　その逆なら何度も思ったことはあるけど、お前は……お前らはっ！　僕のそういう気持ちなんて、何も知らないんだろう！」

もう完全に、怒りで我を忘れていた。

きっと今、僕がこんなふうになってしまったのは、昨日――久しぶりに小学校の卒業文集なんて開いてしまったからだ。

でも、感情に流され、怒りに身を任せてしまった僕は大切なことを忘れていた。

今……僕のそばには、和真がいた。

和真のいる前で、僕はずっと胸に秘めてきた想いを吐き出してしまったのだ。

「日也……」

ぽつりと呟かれた声に、僕はハッとして我に返った。

僕のことを〝日也〟と呼び捨てするのは、家族以外では和真だけだ。

『和真、今日は何して遊ぶ？』

『日也が昨日見つけた、最強のすべり台の滑り方、ふたりでやってみようよ！』

ふと、幼い日の記憶が脳裏を過る。

（ああ……違う。僕は別に、和真にこんなことを言うつもりじゃなかったのに）

「日也……ごめん」

再び僕の名前を呟いた和真は、僕からそっと目をそらした。

心臓がズキリと痛んで、心が罪悪感で埋め尽くされる。

──僕は今、和真を傷付けた。

和真は何も悪いことをしていないのに、僕は和真を酷い言葉で殴ってしまった。

「和真……。ぼ、僕は──」

「あ～、やっと支度終わったぁ！」

だけど、僕が和真に謝ろうと口を開いた瞬間。聞き慣れた声が、僕らの間に割って入った。

「ま、真昼？」

気付いていなかったけれど、どうやら真昼もまだ教室に残っていたらしい。

不穏な空気をぶった切った真昼に、その場にいる全員の視線が集中した。

「みんな、盛り上がってるところ申し訳ないんだけど、実は日也くん、これから私との約束があるんだよね」

挙句、真昼は僕らに近づいてくると、マイペースにそう言った。

たしかに、僕らは今日もこのあと、余命日記を検証するために生物室で待ち合わせの約束をしている。

(でも、今のこの最悪な空気の中で言うなんて……)

いや、言うのが真昼なのかもしれない。

だけど普段、真昼と仲良くしている真昼の友人らしき女子達でさえ、やや戸惑いの表情を浮かべながらこちらを見ていた。

「そういうわけで、籠原くんには申し訳ないんだけど、日也くんは私が連れて行くね!」

「え……。ちょっ」

「ほら、日也くん。早く行こう!」

そうして真昼は驚きを隠せない一同を置き去りに、僕の腕を引いた。

僕の腕を掴む真昼の手は小さいけれど温かくて、力強い。

何よりも、僕を見る彼女の笑顔は眩しくて……。

「さぁ、行くよ」

思わず視線を斜め下にそらした僕は、素直に彼女の言葉に従った。

「あー、今日も暑いねぇ」

教室を出たあと、僕らは予定通りに生物室へと向かった。

道中、僕らの間に会話はなかった。というより、真昼が一方的に話していて、僕が返事をしなかった。

たどり着いた生物室の窓際に置かれた水槽の中では、今日も金魚が気持ち良さそうに泳いでいる。

「あ、あの、真昼。さっきは……」

先に生物室の奥へと入っていった真昼の背中に、僕は意を決して声をかけた。

「さっきは、その……どうもありがとう」

続く言葉が〝助けてくれて〟なのが本当に情けなくて嫌になる。

でも、真昼が声をかけてくれなかったら、僕は八方塞がりになって、未だに教室から出られずにいたかもしれない。

「ねぇ、日也くんは夏休みの予定、何もないの？」

「え？」

だけど真昼は、僕が勇気を振りしぼって伝えたお礼の言葉を華麗にスルーした。

「だーかーらー。日也くんは、夏休みは何か予定はないの？って聞いてるんだけど！」

もう完全に、真昼は僕の『ありがとう』を聞かなかったことにする気らしい。

それはそれで気が楽になってホッとしている僕は、やっぱりどこまでいっても情けないやつだ。

「な、夏休みは……特に、何も予定はないよ」

「うわー、寂しすぎぃ。高校二年生の夏休みなんて言ったら、青春真っ只中だっていうのにさ」

そう言うと真昼は面白そうに目を細めた。

さすがにムッとした僕は、短くため息をついて恨めしげに真昼を見た。

「別に、青春がどうとか興味ないし。っていうか、そういう真昼はどうなんだよ」

「えー。そりゃあ私は、たくさんお誘いがあるけれど」

「海とか？」

「そうそう、海に花火にお祭りに……って、なーんてね。実は私も、今年の夏の予定は未定だったりするのです」

「なんだよ。それなら、僕のことバカにできないだろ」

僕が再び短いため息をつくと、真昼は静かに微笑んだ。

そしてゆっくりと歩を進め、金魚の水槽の前で足を止めた。

窓から差し込む白い光が、真昼の輪郭を淡くなぞる。

後ろ手を組んで再び僕のほうを振り返った真昼は、今度はなぜか儚《はかな》げな笑みを浮かべた。

「そう、私もきみのことを悪くは言えないね。っていうか余命日記の通りになったら、私ってもうすぐこの世界から消えちゃうみたいだから、夏休みなんて関係ないのかも」

思わずドキリとした。

そう言った真昼はあっけらかんとしていて、まるで、この世界にはなんの未練もないと告げているようにも思えて、無性に胸がざわめいたのだ。

「く、くだらないこと言うなよ。あんなの、誰かのイタズラに決まってるって」

「でも、昨日の日記の内容は当たってたよ？　だからこの先の日記も全部当たって、明後日の日記に書かれていることも、本当になるかもしれないじゃない」

「それは……」

完全に否定できないのが悔しい。

もしかして真昼が夏休みの予定はないと言ったのは、余命日記のせいなのか？

よくよく考えてみれば真昼は僕と違って普通に友達もいるんだから、夏休みの遊びの誘いがないなんておかしい。

（だとしたら真昼は、金曜日に自分が死ぬかもしれないから、友達からの誘いを断っていたとか……？）

そこまで考えた僕はチラリと真昼の顔色をうかがった。

真昼が今、何を考えているのか読めない。

普通なら予言が当たったらどうしようと不安がるはずだけど、目の前にいる真昼は静かに微笑んでいるだけだった。

「まぁ、でも。今日の日記の結果次第だよね」

「えっ？」

「だって、今日もこれから検証するんだもん。それで今日の日記の内容も当たれば、いよいよヤバイかも〜ってなるよね。ってことで、今日も検証、始めよう！」

右手で拳銃のポーズをとった真昼は、僕を撃ち抜く仕草をした。

そして自身が持ち帰っていた余命日記を鞄《かばん》の中から取り出すと、今日の日記を昨日と同じように読み上げ始めた。

・七月二十日（水曜日）
日也と真昼は、放課後、今は使われていない第三棟校舎にある音楽室に向かった。

音楽室には最近、『幽霊が出る』という噂がある。

その噂を解明しようとしたふたりは、音楽室で無事に幽霊を捕まえたのだった。

「——ってことで、今日は幽霊とお友達になりましょう！って感じ？」

今日の分の日記を読み終えた真昼は、ふざけた様子で首を傾げた。

対する僕はそんな真昼を見て、昨日の帰り際に今日の日記を読んだときと同じく、ため息をついてしまう。

「僕は幽霊と友達になるなんて、絶対にごめんだけどね」

そもそも、捕まえた幽霊と友達になろう！なんてことは書いてないし。

まぁでも真昼なら、幽霊が相手でも、すぐに仲良くなれそうな気もする。

「幽霊なんて捕まえられるはずがないのにさ。昨日も言ったけど、なんかいきなり、安っぽい感じになったよな」

また、ため息まじりに僕が言えば、真昼は手にしていた余命日記を再び鞄の中にしまった。

「でもさ、ちょっと面白そうじゃない？」

「全然。僕、第三棟の音楽室に幽霊が出るとか聞いたこともないし」

「えっ!?　ないの？　今、一年生の間で結構話題になってたりするよ。もしかしたら、本当に幽霊に会えるかもしれないのに！」

今度は両手を顔の前に置いて、真昼は幽霊のポーズをした。

なんか、今日はいちいち仕草が古い。でも、ツッコんだら負けなような気もするので、触れないことにした。

「いやいや、幽霊なんているわけないし。っていうか、真昼はなんで一年がそんな話をしてること、知ってるんだ？」

尋ねると、真昼はめずらしく口ごもった。

「そ、それは……」

「それは？」

「そ、それはさ。私、人間観察が趣味だから！」

「人間観察が趣味？」

「そうそう。人間観察って、楽しいでしょ？　観察してたら、一年生の噂も耳に入ってきたの！」

そこまで言うと真昼は、フイッとそっぽを向いた。

その横顔は焦っているようにも見えるし、開き直っているようでもある。

「あ……わかったぞ。人間観察とか言いながら、人の話に聞き耳を立てていただけだから、焦ってるんだろ。盗み聞きとか、悪趣味だなぁ」

「べ、別にいいでしょっ。っていうか、私が人間観察が趣味だったおかげで、さっきも日也くんのことを救助できたんですけど！」

今度は僕がギクリとして焦る番だった。

不意打ちで嫌な話題を蒸し返されて、返事に詰まった。

（こういうのを、墓穴を掘るっていうのか……）

僕が口ごもったことで、真昼はしてやったりな顔をしている。

「そ、それについてはさっき、ありがとうってお礼を言ったろ」

「えー、そうだっけ？」

（この……っ！）

本当に、真昼は食わせ物だ。僕は思わず前のめりになりそうになったけれど、改めて教室での出来事を思い出して踏みとどまった。

悔しいけれど、真昼に助けられたのは事実だ。

僕をあんなふうに助けたりしたら、自分の立場が危うくなるのかもしれないのに、真昼はわざわざ間に割って入ってくれた。

（本当に、真昼が何を考えているのかわからない）

だけど僕は大前提として、真昼が普段、どんなふうに教室内で過ごしているのか知らないんだ。

だから、真昼が何を考えているのかなんて、わからなくて当然。

そもそも真昼は、和真と同じ世界に住んでいるような人間だし、僕が理解しようとしたって無駄なんだろう。

「ちょっと日也くん。今の私の話、聞いてた?」

「……え?」

「もう〜。ほんと、きみってボーッとしてるよね」

つい考え込んでいた僕は、また真昼の話を聞き逃していたらしい。

「だから、もういいから、早く今日の日記の検証を始めようって言ったんだけど」

検証……検証? ああ、そうだ。そうだった。

僕らは余命日記の検証のために、わざわざ放課後に集まっているんだ。

「わ、わかった。行こう」

今日、僕らがするのは音楽室での幽霊探し。

僕はやっぱり、未だに余命日記を完全には信じられていないし、もしかしたら余命日記を書いたのは真昼では?という疑念も抱いたままだ。

だけど本当に、余命日記を書いたのは真昼じゃなくて、今日の日記に書かれていることまで現実になってしまったら——?

「ほら、日也くん。早く行くよ」

「う、うん」

僕は複雑な気持ちで、生物室を出た。

そして重い足取りで、真昼と一緒に、目的地である音楽室に向かった。

「ねぇねぇ、日也くんって霊感とかあるタイプ？」

「ない。そもそも幽霊とか信じてないし、普段から興味もない」

音楽室に到着した僕らは、早速幽霊を探し始めた。

とりあえず定番の壁に飾られた音楽家達の写真を眺めてみるも、動く気配はまるでない。

「そう言う真昼は、どうなの。幽霊」

「えー、私は結構信じるタイプだよ」

「じゃあ、ビビったりするのか？」

「ううん。〝私は〟幽霊とかホラーとか、むしろ大好物だし、ウェルカム」

（私は……？）

真昼の返事に少し引っかかったけれど、もしかしたら身近にホラーが苦手な人でもいるのかもと考えて、納得した。

「まぁ……たしかに真昼は、心臓めちゃくちゃ強そうだもんな」

「あははっ。きみってときどき、面白いこと言うねぇ」

「そんな笑ってたら、出てくる幽霊も出てこなくなると思うよ」

「あははは。でも、物好きな幽霊なら出てきてくれるかもじゃない？」

何がそんなに面白いのかは不明だけれど、真昼はケラケラと楽しそうに笑い続けていた。

当の僕はバカな話をしていれば、教室であったことを忘れられるような気がしてホッとしていた。

(でも……さすがに、和真には謝らないとダメだよな)

脳裏を過るのは、自分が教室で叫んだ言葉。

『和真が幼馴染でラッキーだなんて思ったことは一度もない！』

『その逆なら何度も思ったことはあるけど、お前は……お前らはっ！　僕のそういう気持ちなんて、何も知らないんだろう！』

売り言葉に買い言葉だったとはいえ、最低最悪なことを言った。

僕から目をそらした和真の姿だけは、絶対に忘れられそうにない。

(僕は和真を傷付けたんだ……)

考えれば考えるほど胸が痛む。でも、なんと言って和真に謝ればいいのだろう。

と、またひとつ悩みの種が増えてしまったと思い、僕が肩を落としたら――。

ガタンッ！

「ひゃっ!?」

「わっ!?」

突然、机が揺れた音がして、僕らは同時に振り返った。

「い、今の……なんだ？」

なぜか蝉の声までやんでいて、あたりはテスト中の教室内のように静まり返っている。

先ほどはなんとも思わなかった音楽家達の肖像画が、今はやけに薄気味悪く感じた。

「ま、まさか……」

思わずゴクリと息をのんだ僕らは、互いに顔を見合わせた。

まさか本当に幽霊が出たのか？　なんて、そんなのいるわけがない。

だけど、入ったときには気がつかなかった一番奥の窓が少しだけ開いていて、今はアイボリーのカーテンがゆらゆらと不気味に揺れていた。

雰囲気のせいだとはわかっているけど、背筋が凍る。

つい、拳を握りしめた僕が、逸る鼓動を落ち着けるように息を吐いた瞬間――。

「――わっ！」

「うわっ!?」

突然、真昼が僕の耳元で大きな声を出して、情けない声が口から漏れた。

「バ……ッ！　お、驚かすなよ！」

「ふふっ、幽霊だと思った？」

驚いた僕を見て、真昼は楽しそうに笑っている。

完全に遊ばれている。

ムッとした僕は握りしめていた拳をほどくと呼吸を整え、再び前を向いた。

「こ、これだけ騒いでも出てこないんだし、やっぱり幽霊なんているわけ――」

「にゃあ〜〜」

そのときだ。僕らのものではない〝声〟が、室内に響いた。

今度こそ声のしたほうへと目をやれば、机と机の間に隠れている、小さな黒い影を見つけた。

「あ、あれって……」

思わず凝視すると、黒い影がこちらにゆっくりと近づいてくる。

「ね、猫？」

「ニャア」

現れたのは、はちみつ色の目を光らせた黒猫だった。

黒猫は僕らの前にちょこんと座ると、長いしっぽをゆらゆらと左右に揺らした。

「もしかして、僕らが探してる幽霊の正体って……」

「この、黒猫ちゃん？」

「にゃあ、にゃあん」

僕らの質問に返事をするように鳴いた黒猫は、また立ち上がると真昼の足元にすり寄った。

「か、可愛い〜！」

たまらず真昼がしゃがみ込んで黒猫を撫でる。

すると黒猫は気持ち良さそうに目を細め、ゴロンとその場で横になった。

「なんか、めちゃくちゃ人懐っこい猫だなぁ」

「うん、すごく良い子だね」

黒猫はゴロゴロと喉を鳴らし、もう完全にリラックスモードだ。

また窓から差し込んできた光が、真昼と黒猫を包み込んだ。

「ふふっ、きみはとってもあったかいねぇ」

光の粒の中で、真昼と黒猫がじゃれている。

（ああ、なんだか——）

それだけのことなのに、僕は自然と目を奪われ、息の仕方を忘れそうになった。

「ねぇ、きみ」

「——え？」

「何か、大切なことを忘れてない？」

「大切なこと？」

不思議に思って首を傾げると、真昼は僕をジロリと睨んだ。

「検証動画！　ほら、早く撮って撮って」

「あ、そ、そうか」

完全に忘れてた。

僕はあわててポケットからスマホを取り出すと、真昼と黒猫にレンズを向けた。

赤い丸ボタンを押すと、左上に【ＲＥＣ】というマークがついてカメラが回り始める。

四角い画面の中のふたりは、なんだかとても絵になった。

「せっかくなら、可愛く撮ってね」

「言われなくても……」

もう既に可愛く撮れてる……なんて言えないから、口を噤《つぐ》んだ。

「きみって、本当に可愛いねぇ」

今、真昼が口にした〝きみ〟は、黒猫のことだ。

僕は真昼と同じ目線にしゃがみ込むと、改めて彼女と黒猫を撮影した。

真昼に撫でられて、ゴロゴロと喉を鳴らす黒猫。

真昼の手元をアップにすると、いかに優しく撫でているのかがわかる。

カメラ越しに見た真昼は、黒猫を見て穏やかに微笑んでいた。

今度はその表情にアップで寄ってみる。

（不思議だな……）

小さな画面の中に入った真昼は自然で生き生きしているのに、ふとしたときに見せる表情が神秘的で、人の目を惹《ひ》きつける魅力があった。

——撮りたい。つい、そう思わせる引力が働いているみたいだ。

と、不意にカメラ越しに見ていた真昼がこちらを向いたせいで目が合って、ドキリと心臓が跳ねた。

「ねぇ、撮れた？」

「え……っ、あ、うん」

あわてて停止ボタンを押せば、真昼が僕を見て不思議そうに首を傾げる。

「なんか、きみ……顔が赤くない？」

「へ？」

「もしかして、熱でも出た？」

「い、いや……全然！　真昼の気のせいだよっ」

反射的に立ち上がった僕は顔を背けて、スマホをポケットの中に戻した。

顔が、熱い。ドクンドクンと胸の鼓動は早鐘を打つように高鳴っていて、指先はジンジンとしびれていた。

「ん～。やっぱり顔が赤い気がするんだけど」

「だ、だから、それは――」

「あちゃ～、見つかっちゃったかぁ」

「「えっ？」」

そのとき、突然音楽室の扉のほうから声がして、僕と真昼は声を揃《そろ》えた。

「にゃあん！」

次の瞬間、それまで真昼に撫でられて気持ち良さそうにしていた黒猫が飛び起きて、声の主のほうへと一目散に駆けていった。

「は、浜家《はまいえ》先生？」

現れたのは音楽担当の浜家先生だった。

浜家先生は困ったように頬を掻《か》いたあと、自分に駆け寄ってきた黒猫を慣れた様子で抱き上げた。

「すまん。とりあえず説明の前に、こいつにご飯をやってもいいかな？」

そう言うと浜家先生は僕らの返事を待たずに室内に入ってきて、教卓の前に黒猫をおろした。

そして提げていたビニール袋の中から猫缶を取り出すと、慣れた手つきで蓋を開けて、それを黒猫の前に置いた。

黒猫は待ってましたとばかりに猫缶に飛びつく。

その様子を呆然としながら見ていた僕は――。

「もしかしてこの黒猫、先生がここで飼ってるんですか？」

頭に浮かんだ率直な疑問を、浜家先生に投げかけた。

「ハハッ。バレちゃったら仕方がないよなぁ。そうなんだ、実は一ヶ月くらい前から、学校に内緒でね」

浜家先生の話はこうだ。

先生は今から約一ヶ月前、学校の敷地内をウロウロしている黒猫と出会った。

元々猫好きだった先生は放っておけず、空き時間に近くのドラッグストアに猫缶を買いに行くと、黒猫を音楽室まで連れてきて猫缶を与えた。

すると、それ以降も黒猫は学校の敷地内に現れるようになってしまった。

学校側に見つかると危険だと判断した先生は、今はもう使われていない音楽室で継続的に黒猫に餌やりを始めたという。

「そんなに好きなら、家に連れて帰ればいいじゃないですか」

「まぁ、そうしたいところなんだけど、うちはペット禁止のマンションでね」

僕の問いに、浜家先生はまた困ったように笑って頬を掻いた。

当の黒猫は未だにのんきに、猫缶の中身にがっついている。

その黒猫のそばにしゃがみ込んだまま、どこか同情的な目を黒猫に向けている浜家先生を見ていたら――僕はなんだか無性に、胸の奥がざわついた。

「俺はどうしても、こいつを放っておけなくてね。でも、いつまでもここで飼い続けられないことは、わかっているんだ。だから今は、猫を飼いたいって言ってくれる人を探している最中なんだよ」

だけどそう都合よく、もらい手は見つからないらしい。

猫缶の中身を食べ終えた黒猫は、満足そうに「にゃあ」と鳴くと浜家先生にすり寄った。

その様子を見ていたら、今度はズキリと胸が痛む。

「結局、俺が悪かったんだ。こいつは俺が餌をやったばかりに、またもらえると思って学校に来て、すっかりここに居着いちゃってさ」

「……よかれと思ってやったことが、実は相手の首を絞めることってありますよね」

「え……」

「自分は善意でやったつもりでも、相手にとっては有難迷惑な場合もあるってことです」

また――教室で和真の友人に言い返したときのように温度のない声が出た。

自分の気持ちが、あっという間に深く沈んでいくのがわかる。

僕は今、浜家先生と黒猫のやり取りに、先ほどの和真と自分のやり取りを重ねてしまった。

——あのとき、和真はどうにかして僕を、クラスに馴染ませられないかと考えていたんだろう。

だから和真の友人を含めて、僕らに『夏休み、みんなで映画とか見に行くのはどう？』なんて提案をした。

僕はすぐに、和真の意図に気がついた。

僕は以前から和真が、そういう機会をうかがっていたことにも気がついていたんだ。

和真はどうすれば僕とクラスメイトを繋《つな》げられるか、僕がクラスに馴染めるか、考えてくれていた。

（何年、僕があいつと幼馴染やってると思ってるんだ。それくらい、僕にだってわかる）

だけど和真には申し訳ないけれど、僕はそういう和真の気持ちが重たくて……ずっと、苦しかった。

和真は正義感が強い正直者で、汚れた黒い感情なんて滅多《めった》に触れる機会がないからわからないのかもしれない。

だけど幼馴染である和真に情けをかけられている僕を、クラスメイトがどう思うか。

クラスメイト達が僕の存在をどう思っているのかなんて、少し俯瞰《ふかん》すればわかることだった。

『ほんと、佐野は和真みたいな幼馴染がいて、超ラッキーだよな。和真にくっついてりゃ、絶対に見捨てられないし、気楽だろうし』

『佐野にとっちゃ、和真は自慢の幼馴染だろうけど。和真からすれば、佐野ってただの足を引っ張るだけの存在だから！』

あの言葉でさすがの和真も、現実を思い知っただろう。

僕と和真じゃ、もう生きている世界が違うんだってこと。

——世の中には、〝余計なお世話〟って言葉があるんだ。

情けをかけられる立場の人間が、どれだけ惨めな気持ちになるのかなんて、情けをかける立場の人間には、きっと一生わからないだろう。

「先生がやったことは、黒猫の首を絞める行為だと僕は思います」

中途半端な優しさや救いの手なら、いらない。

同情で親切にされても、余計に惨めになるだけなんだ。

「ああ……うん。佐野の言う通りだなぁ。俺が下手に手を出さなきゃ、こいつは、ちゃんと飼ってくれる人に拾われていたかもしれないもんな」

そう言うと浜家先生は気まずそうに目をそらし、黒猫を抱いて立ち上がった。

かく言う僕は先生の顔を見られなくなって、そっと視線を下にそらした。

（僕は、間違ったことは言っていない）

綺麗事じゃない、正論を述べたまでだ。

自己満足で相手を助けようとしたことが、余計に状況を悪化させることもあるんだっていう話。

でも、僕は間違っていないはずなのに、どうしてこんなに胸が苦しくなるのだろう。

「——だけど、さ。先生が手を差し伸べていなかったら、黒猫ちゃんは今頃事故に遭《あ》ったりとかして、最悪の結果になってたかもしれないよ？」

と、そのとき。それまで黙っていた真昼が口を開いた。

「だから一概《いちがい》には、浜家先生がやったことが間違ってるとは言えなくない？」

視線の先の真昼は、真っすぐに僕を見つめていた。

そのまなざしがあまりに力強くて、僕は、あわてて拳を強く握りしめた。

「だ、だけど。中途半端に手を出したところで、結局相手の救いにならないって場合もあるだろ」

「そうかもね。でも、救いの手を出されなきゃ、それはそれで恨み言を言う人もいるし、差し出された救いの手を〝待ってた〟って感謝する人も中にはいるでしょう？」

「感謝なんて……」

思わず言いかけた言葉を呑み込んだ。

だって僕の場合は、中途半端に構われるせいで、いつも浴びなくてもいい注目を浴びてしまうんだ。

「救いの手を差し伸べた人だって……すごく悩んだ末に、手を伸ばしたかもしれないし」

「そんなの、真昼が救いの手を差し伸べる側だから、そう思うだけだろ」

「そう、かもね。でも、差し伸べる側にだって、それなりの理由があってやっている場合もあるでしょ」

語尾を強めた真昼は、微笑んでいるのに泣いているようにも見えた。

その表情を見て、なぜかまた、胸の奥がズキリと痛んだ。

(なんだよ……そんな、当たり前の正論を言うなよ)

僕だって、本当はわかってるんだ。自分が、正しいわけじゃないってこと。

むしろ大多数は和真や真昼と同じ意見で、きっと僕みたいなやつのほうが少数派なんだってことくらい、言われなくてもわかってる。

「うん。俺が言うのもなんだけど、ふたりの意見は、それぞれ間違ってないと思う」

と、さすがに見兼ねたのか、浜家先生が僕らの間に割って入った。

「佐野の言うことも理解できるし、天辰が言うことも間違ってない。結局、正解は人の数だけあるんだろうなぁ」

先生は胸に抱いた黒猫を慈《いつく》しむように優しく撫でた。

先生だってきっと、ただ黒猫を助けたいって想いで食べ物を与えたんだろう。

「とにかく、この黒猫はどうにかして引き取り手を探すつもりだから。それまで、このことは黙っておいてもらえないかな？」

「でも……音楽室に幽霊が出るって噂が、既に学校内では広まっているらしいですよ」

「えっ⁉　そ、そうなのか⁉」

「だから、もしかしたら僕達みたいに、幽霊を探しに来るやつがいるかもしれません」

僕の言葉を聞いた浜家先生は、「それは困ったなぁ」と言いながら頬を掻いた。

こんなことを言っても、今更信じてはもらえないかもしれないけれど、僕だって黒猫の不幸を願っているわけじゃない。

浜家先生がそうしたかったように引き取り手が見つかって、黒猫が平穏かつ安全に暮らしていけるようになればいいと思ってる。

「——決めた！」

そのときだ。突然真昼が、歯切れよく声を張り上げた。

「天辰？　決めたって、何を決めたんだ？」

「この黒猫ちゃんのことです。この黒猫ちゃんは、今日から私が家で飼います！」

「は……はぁ!?」

思わず素っ頓狂な声が出た。

けれど真昼は真剣な顔つきで、浜家先生が抱く黒猫の頭を優しく撫でた。

「お、おい。真昼、本気か？」

「もちろん。ちょうど、うちに……猫を飼いたがってる子がいるから、これも運命かなとか思ってさ」

真昼に撫でられた黒猫は、また気持ち良さそうに目を細めた。

「それって、真昼の姉妹とか？」

「ううん、私はひとりっこだし」

じゃあ、猫を飼いたがっている子って誰なんだよ。

そう聞き返そうとした僕より先に、浜家先生が興奮気味に口を開いた。

「あ、天辰、本当にいいのか？」

「はい。この黒猫ちゃんは責任を持って私が引き取ります。だから先生は、もう何も心配しなくて大丈夫です」

真昼が微笑むと、浜家先生は瞳を潤ませ、鼻先を赤く染めた。

「……ありがとう。天辰、本当にありがとう。……なぁ、お前、本当によかったなぁ。天辰の家族に、たくさん可愛がってもらえよ。幸せになれよ」

「にゃあ〜」

黒猫は浜家先生の腕に抱かれながら、まるで『今までありがとう』と言うように頭を胸にすり寄せた。

ズキンと、また、胸が痛む。

対する真昼は、浜家先生と黒猫を、とても穏やかな表情で見つめていた。

（ああ――やっぱり真昼は、〝救いの手を差し伸べる側〟の人間だ）

だけど、僕が心の中でそう呟いたと同時に、真昼の目がこちらを向いた。

「結局、今日の日記の内容も、当たっちゃったね」

「あ……」

僕を見て、真昼が面白そうに笑う。

光の中で笑う彼女はすぐそばにいるのにとても遠くに感じて、僕は思わず真昼から目をそらしてしまった。

七月二十一日（木曜日）

『日也、ついにスマホ、ゲットしたな！』

親に初めてスマホを買ってもらったのは、小学六年生のときだった。

幼馴染の和真も同じ頃にスマホを手にして、僕らは四角い世界に夢中になった。

『なぁ、アプリ、何をダウンロードした？』

中でも僕がハマったのは、動画アプリだ。

最初はスマホのカメラで自分の好きなものを動画に撮ってみた。

風景や花、空。ときには自転車のカゴにスマホを固定して、動画を撮影してみたこともある。

子供の適応力というのはすごいもので、中学に上がった頃には簡単な動画編集の仕方を覚えた。

アプリで使える音楽を動画につけて、文字を入れたり、いくつかの動画を繋げてストーリー仕立てにしてみたり……。

あくまで子供が遊びで作ったものだったけれど、やればやるほど自分が上達していくのがわかって嬉しかった。

でも……そんなことを続けているうちに、僕にも欲が出始めた。

自分が作った動画をＳＮＳで公開できることを知り、中学二年に上がったのを機に、親に内緒でこっそりアップし始めたんだ。

『日也、昨日アップしてた動画、めっちゃいい感じじゃん！』

そして、そのSNSのアカウントを和真だけに教えた。

和真は僕が動画をアップするたびに感想をくれて、僕のことを『すごい』と褒め称《たた》えてくれた。

『日也のお父さんが映画好きだから、日也自身も昔から映画見るの好きだったじゃん？　もしかしたら日也って、映画を撮る才能とかもあったりするんじゃね？』

『まさか……。映画とスマホ動画じゃ、全然比較対象にならないし』

『でも、日也、昔から映画監督になるのが夢だって言ってたじゃん！』

『それは……まぁ、そうだけど。でも、簡単になれるものじゃないし』

自分が初めて抱いた夢――映画監督になること。

すごく曖昧《あいまい》な夢だったのに、スマホを手にして動画を撮り始めたら、本当にいつか夢を叶えられるんじゃないかなんて妄想に捕らわれた。

このときの僕は、SNSでもそれなりにイイネやコメントをもらえていたこともあり、少し調子に乗っていたんだと思う。

そんな、スマホでちょっと動画を撮って編集し始めたくらいで、簡単に叶えられる夢じゃないってわかっていたはずなのに。

『なぁ、日也！　今度の休みにクラスのみんなとカラオケ行くんだけど、日也も一緒に行かない？』

『ごめん。僕、カラオケとか……あんまり興味ないからパス』

そして、中学二年の夏を過ぎた頃から、僕と和真の差が顕著《けんちょ》に出始めた。

元々、どちらかというと自分の世界にこもることを好む僕に対して、和真はクラスの中心で活躍するタイプ。中学校生活も約半分が過ぎ、そんな僕らの差が明確になってきたのだ。

学校内でも一緒に行動する時間がめっきり減って、和真は和真の友人達と行動することが増え、僕はひとりで自分の世界にのめり込んでいった。

放課後になると図書館に寄り、映像関係の本を読んで勉強している気になって、和真は和真で陸上部の活動に勤しみ、文武両道の道を歩んだ。

でも、別にそれをマイナスに捉えたことはなかった。

だって和真には和真の世界があるように、僕には僕の世界があると思っていたから。

『なぁ、佐野！　佐野って、ＳＮＳで自分が撮った動画を投稿してるってマジ？』

ところが中学二年生の冬。僕の世界を大きく変える事件が起きた。

冬休みが明けて久しぶりに学校に行くと、突然クラスメイトのひとりに、そう声をかけられたのだ。

『冬休みに和真と遊んだときに、和真から教えてもらったんだけどさ。佐野って、SNSとかやったりするんだな～。なんか意外だったわ！』

続けられた言葉に、僕は絶望して青褪《あおざ》めた。

――和真から教えてもらった？

クラスメイトは今、たしかに僕にそう言った。

『ま、まさか和真から、僕のアカウントを聞いたりとか……』

『え？　うん。教えてもらって、冬休み中に見てたぜ！　なんていうか、佐野ってポエムっぽいこと動画にタグ付けしたりしてんだな。ごめんけど、ちょっと笑っちゃったわ』

一瞬で、深い谷底に突き落とされた気分になった。

僕を見るそいつの目には、あきらかな嘲笑が滲んでいて、バカにしているというのが伝わってきたからだ。

それだけじゃなく、僕達を遠巻きに見ている別のクラスメイト達の視線も感じた。

あわててそちらを見ると、彼らは僕を見て何かを囁《ささや》きながら笑っていた。

『まさか、僕が動画投稿してることって、他にもクラスで知ってるやつがいたりとか……』

『ああ、いるよ。クラスのメッセージグループで、佐野のアカウントはこれだって、誰かがうっかり言っちゃってさー。それで、多分クラスのほとんどのやつが、冬休み中に佐野のアカウントを見てたと思うぜ』

言われて初めて、僕は冬休み中に動画の閲覧者数が増えたことを思い出した。

その頃にはそこそこ閲覧者がいたから、十数人増えたくらいのことでは、特に気にも留めていなかった。

『な、なんで……』

ショックを受けた僕は、目の前が真っ暗になった。

僕が動画を投稿していたSNSのアカウントは、現実の僕を知っているクラスのみんなにバレていたんだ。

クラスメイトのほとんどが、僕が撮って編集した動画を、僕の知らないところで見ていた。

みんなが、各々にどんな感想を抱いたのかはわからない。

それでも今、目の前にいる彼がそうであるように、『バカみたい』とか『気持ち悪い』とか、『調子乗りすぎじゃね？』なんて、裏で嘲っていたやつがいるであろうことは容易に想像ができた。

『みんなも驚いてたぜ。佐野って普段は全然しゃべんないけど、SNSでは楽しそうにしてるんだなーって』

——最悪だ。

すべてを頭が理解した瞬間に湧き上がってきたのは、絶望感と羞恥心だった。

同時に、和真に対する怒りも込み上げた。

僕は和真にだけ教えると言って、最初に動画投稿を始めたアカウントを教えたのに。

和真に、裏切られた。

そう思ったら僕の中にある感情は、ぐちゃぐちゃになった。

『あ、日也、おはよう〜』

『か、和真……？』

だけど、そのあとすぐに教室に入ってきた和真は、僕を見ていつも通りに声をかけてきた。

相変わらずの爽やかな笑顔。伸びた背筋。

僕は自分との差に戸惑って、たった今抱いたばかりの感情の行き場をなくした。

『おー、和真。おはよー。今さ、佐野に例のSNSのこと話してたんだ』

僕にSNSのことを言ってきたクラスメイトが、和真に声をかけた。

すると和真は僕の予想に反して、パァっと表情を明るくした。

『もしかして、お前も日也に動画の感想を伝えてたの!?　日也の動画、めちゃくちゃすごいだろ!?』

そして――僕はその一言で、和真が彼に僕のSNSアカウントを教えた意図を悟ってしまった。

和真の目は、カブトムシを見つけた子供のように輝いている。

一点の曇りもなく、むしろ自信に満ち溢れているようにすら見えた。

『日也は謙虚すぎて、動画のこと俺以外に言おうとしないからさぁ。でも、あんなにカッコイイ動画作れるなんて普通にすごいじゃん！　だからみんなが見たら、絶対にビックリすると思ったんだ！』

満面の笑みを浮かべた和真は、自慢げに胸を張った。

和真は心の底から僕が作る動画が好きで、自分以外の誰かにもそれを伝えたかっただけなんだ。

考えてみれば、和真は嫌がらせで僕のSNSアカウントを他人に教えるようなやつじゃない。

だから和真は、ただ、自分が良いと思ったものを、誰かと共有しようとしただけだった。

みんなも自分に共感するだろうと信じて、彼に僕のアカウントを教えたんだ。

『あの動画を見たら、みんなに日也のすごさをわかってもらえると思ってさ！』

和真が自信満々に言うと、クラスメイトが一瞬気まずそうに目を伏せたあと、苦笑いをこぼした。

『いや～……。和真には悪いけど、俺にはあの動画の良さはわかんなかったわ』

僕は――そのときのクラスメイトの表情と、和真の驚いたような顔が忘れられない。

何年経っても、きっと。

僕は忘れた頃に、その苦い経験を悪夢として見続けるんだろう。

＊　＊　＊

「二日連続であのときの夢を見るとか、最悪……」

木曜日の朝。スマホのアラームを止めた僕は、ベッドの上で頭を抱えた。

まさか二日続けて悪夢を見るとは思わなかった。

あのあと――中学生だった僕らの間には気まずい空気が流れた。

和真には『ごめん』と謝られたけれど、僕は和真を責めることはできなかった。

だけどその後、僕が動画投稿をしていたことは同じクラスだけでなく、同級生のほとんどが知るところとなった。

僕はクラスメイトにバレて以降、動画の投稿をやめていたけれど、しばらくして動画投稿の件を知った担任に呼び出されてしまった。

『先生は、佐野がSNSにのめり込んでいることを責めてるわけじゃない』

『でも、どこかで境界線を引かないと、良くないことに巻き込まれる可能性も出てくることは、たしかだ』

『何より、佐野には今、SNSよりもやらなきゃいけないことがたくさんあるだろう？』

『勉強や、学校生活、友人関係のことだ』

『現実を見ろ。このままじゃ、お前だけが取り残されてしまうぞ』

——現実を見ろ。

その一言に、僕はこめかみを強く殴られたような衝撃を受けた。

当然ながら担任の先生から親にも連絡が行き、僕は内緒で動画投稿していたことを親にも知られて、こっぴどく叱られた。

『くだらないことばかりしてるから、成績も上がらないのよ。少しは和真くんを見習ったらどうなの』

まだ小さな子供の頃は、『よそはよそ、うちはうち』なんて言っていたくせに、随分と都合がいいなと心の中で反発した。

僕は別に、悪いことをしていたわけじゃない。

僕以外にも、中学生でSNSに写真や動画を投稿しているやつなんて、いくらでもいるだろう。

それでも……あのときの僕は、そういう自分を肯定してやれなかった。

『和真には悪いけど、俺にはあの動画の良さはわかんなかったわ』

初めて直接、自分を否定されたことに対する衝撃。

僕がやっていたことは現実逃避だと言われたこと。

和真やその他のクラスメイト、先生や親がいる世界が現実で――。

僕は自分がやっていることに自信が持てず、自分のことが恥ずかしくてたまらなくなったんだ。

「――ほんと、最悪だ」

だから僕はその日を境に、それまで動画を投稿してきたアカウントに鍵をつけた。

そして同時に、育て始めたばかりの〝夢〟を心の奥に閉じ込めて、もう二度と開かぬように、戒めという名の鍵をかけた。

「あ……」

最悪な目覚めからどうにか身体を起こして朝食を済ませた僕は、いつも通りに登校した。

けれど運悪く、昇降口で和真に遭遇してしまった。

(昨日見た夢といい、本当にツイてない)

思わず心臓がギュッと握られたように痛んだ。

僕は和真から目をそらすと、さっさと靴を上履きに履き替えた。

――謝らないと。昨日まではそう思っていたはずなのに、今はそういう気持ちになれない。

それはきっと二日連続で見た悪夢のせいと、昨日の音楽室での真昼とのやり取りによる影響だろう。

僕がそんなことを考えている間にも、和真からの視線を感じた。

でも、和真は今、数名の友人達と一緒にいる。

メンバーの中には昨日、僕と口論になったやつもいて、みんなが不満げに僕を見ている視線も感じた。

「あ、あのっ。日也――」

「和真ー！　おはよ～！」

僕に何かを言いかけた和真の言葉を、あとからやってきたクラスメイトが遮った。

これ幸いと和真達の前を通り過ぎた僕は、ひとりで足早に教室に向かった。

＊＊＊

「起立ー。礼。ありがとうございましたー」

結局、その日は一日中、気を張っていた。

休み時間になるたびに和真に声をかけられるんじゃないかとソワソワして、僕は意味もなくトイレに逃げ込んだ。

放課後も、終わったらすぐに教室を出られるように準備しておき、お辞儀をして先生が出て行ったのとほぼ同時に教室をあとにした。

（逃げてるだけだって、わかっているけど）

それでも今は、和真と話せるだけの心の余裕が、僕にはなかった。

和真はきっと、僕に謝りたいと思っているはずだ。

それで、僕も〝ごめん〟と謝ればすべて元通り……となるならともかく、今回ばかりはそう簡単にはいかない気がしていた。

だって多分、お互いに昨日のやり取りで気付いてしまった。

僕らはもう随分前から、認識という名のボタンをかけ違えていたってこと。

（でも、それを和真にどう説明しろっていうんだ）

昨日の夜、夢に見た、あのときのことを今更蒸し返して話すのか？

そんなことをしたら、クソ真面目な和真のことだ。きっとすごく後悔して、自分を強く責めるんだろう。

それだけじゃない。僕が動画投稿をやめてしまったことも自分のせいだと言って、何度も謝ってくるかもしれない。

僕は別に、和真に謝罪をしてほしいわけではなかった。

今の僕が和真に言いたいのは、〝僕を放っておいてほしい〟ってことだけで、和真に何かしてほしいなんて一ミリも思っていない。

けれど、それを面と向かって和真に言う勇気はなかった。

（だって、もう僕には構わないでくれなんて言ったら、今よりもっと気まずくなるに決まってる）

「はぁ〜、授業も今日で終わりかぁ」

「えっ⁉」

そのとき、不意に背後から気の抜けた声がして、僕は弾かれたように振り返った。

真昼だ。

真昼は僕を見るなりニッコリと微笑んだかと思えば、突然小走りで駆けてきた。

そして、あっという間に僕を追い越すと、スカートの裾《すそ》を翻して振り返る。

「はーい、今から生物室まで競争ね！」

「は、はぁ!?」

「位置についてー。よーい、どんっ！」

「ちょ……っ！」

パンッ！と手を叩《たた》いて小気味よい音を鳴らした真昼は、僕の静止を無視して生物室のほうへと消えていった。

つられて動いた僕の足も、生物室に向かう。

生物室に到着すると、一足先に中に入っていた真昼は今日も金魚が泳いでいる水槽の前に立っていた。

（なんなんだよ、本当に……）

真昼は、ただジッと金魚を眺めている。

その後ろ姿がやけに寂しそうに見えるのは、僕の気分が落ち込んでいるせいだろうか。

「ま、真昼？」

「――さて、と。今日も早速、始めよっか」

だけど、くるりと振り返った真昼は、寂しさなんて感じさせない様子で微笑んだ。

今日も真昼の手には余命日記が持たれている。

だけど、当たり前のように日記を開く真昼を見た僕は、あわてて小さく息を吸った。

「あ、あのさっ！　もう、やめない？」

「え？」

「だから、その……余命日記の、検証。さすがに、もうやめたほうがいいんじゃないかと思って」

そこまで言うと、僕は背負っているリュックの持ち手を強く握った。

実は今日、放課後になって真昼に会ったら、これを言おうと思っていたんだ。

「検証をやめるって、どうして？」

「だって、月曜日も火曜日も水曜日も、日記に書いてあることが当たった。だとしたら、このまま検証していくのは、やめたほうがいいんじゃないかと思って……」

決して、認めたくはない。

それでも、三日連続で余命日記に書かれていたことが当たったのは事実だから、最悪の事態だって想定できる。

「それってつまり、今日の日記も当たって、〝私がこの世界から消える〟っていう明日の日記の内容が現実になるかもしれないから、もう余計なことをするのはやめようってこと？」

「……うん。もちろん僕だってまだ、そのふざけた余命日記を信じてるわけじゃないけど。触らぬ神に祟りなしって言葉もあるしさ、もう検証はやめるべきだと思うんだ」

自然と視線が下に落ちる。

こんなことを言ったら真昼にはまた、『意気地なし』と言われるんじゃないかと思った。

それに、僕がここで検証をやめたら、真昼には最初に言われた通り、僕に関する嫌な噂を流されてしまうかもしれない。

（でも……もう、別にいいんだ）

昨日、和真と揉《も》めたせいで、クラスメイトからは今まで以上に白い目で見られるようになった。

だから僕に関して今更、何を言われたってどうってことない。

「そもそもさ。初日にも言ったけど、僕達が一緒に行動しなければ、余命日記に書かれていることが現実になることはないだろ？」

そうなれば今、一番に考えるべきことは、明日の日記の内容が現実にならないためにはどうすればいいのかってことだ。

真昼が持っている余命日記には、なぜか僕と真昼の名前が毎日のように登場している。

「その日記を書いたやつが、どういうつもりなのかはわからないけど……。僕と真昼が検証自体をやめれば、絶対にその余命日記の通りにはならないってことだけは、たしかだろ？」

そう。つまり、未来を余命日記の通りにさせないための手っ取り早い方法は、僕らが検証をやめることなんだ。

僕は初めからそう言っていたけど、真昼が頑なに検証をするんだって譲らないから、今日を迎えてしまった。

「一度冷静になって、優先順位を考えようよ。今、僕らがするべきなのは余命日記の検証じゃなくて、いかに明日、日記に書かれた内容の通りにならないようにするか、最善策を選ぶことだよな？」

——天辰真昼はこの世界から消える。

そんな、くだらないことを書いたやつの思い通りになるなんて絶対に嫌だ。

「ぼ、僕が言いたいこと、わかってもらえた？」

僕の話を聞いていた真昼に尋ねると、真昼は短く息を吐いて、小さく頷いた。

「……うん。つまり、今の日也くんの話をギュギュッとまとめると、〝私のことが心配だから、もう余命日記の検証はやめよう〟ってことでいい？」

直訳されれば、もちろんその通りだ。

でも、そう言った真昼の顔が笑っていたから、『はい、そうです』と素直に頷くのは癪《しゃく》だった。

「だ、誰だって、自分の知り合いが消えるところなんて見たくないだろ」

なんなんだよ、本当に。こっちは真昼のことを思って、〝余命日記の検証をやめよう〟って提案したのにさ。

自分を心配している相手の反応を見て楽しむなんて、やっぱり趣味が悪すぎる。

「人間ってさ、面白いよねぇ」

「は？」

「案外自分でも気付かないうちに、自分が人にされて嫌だったことを、悪気なく別の人にしちゃったりすることもあるんだよね」

だけど唐突にそんなことを言い出した真昼は、僕を見て目を細めた。

言われたことの意味がわからない僕は、キョトンとして真昼の顔を眺めてしまった。

「そ、それって、どういう意味？」

「だーかーら。簡単に言えば、私は余命日記の検証を続けたいって思ってるってことだよ」

「は？　でも、そんなことしたら真昼は本当に明日……」

「この世界から消えるかもしれない？　でも私はきみとふたりで、余命日記の検証を最後まで続けたいの」

いよいよ真昼の真意がわからなくなった僕は眉根を寄せた。

すると真昼は後ろで腕を組み、コテンと首を横に傾げた。

「きみが今、私にしようとしていることは、きみが昨日、籠原和真くんにされたことと同じなんだよ」

——僕が今、真昼にしようとしていることは、和真が昨日、僕にしたことと同じ？

「よ、余計なお世話……ってこと？」

「まぁ、言い方は悪いけど、そういうことだね」

真昼は悪びれもせず、断言した。

思わずカッとなった僕は、握りしめた手に力を込めた。

「でも、僕は真昼のためを思って——！」

「ほら、それ。籠原くんだって、昨日はきみのためを思って、〝夏休みはみんなで一緒に映画を見に行こう〟って誘ってくれたんじゃないの？」

そう言った真昼は、もう微笑んではいなかった。

言葉に詰まった僕は唇を引き結ぶと、ゴクリと喉を小さく鳴らした。

だって……認めたくはないけど、真昼が言ったことは当たっている。

「だから、きみが今、私のためを思って余命日記の検証をやめるっていうのも、私からすれば余計なお世話だってこと。もしもきみがここで本当に検証をやめたら、きみは昨日の自分がされて嫌だったことを、私にすることになるけどいいのかな？」

——そんなの、いいわけないだろう。

心ではそう答えたけど、声にはならなかった。

やっぱり真昼は、詐欺師予備軍だ。もう完全に返す言葉をなくした僕は、悔しくなって俯いた。

（僕は真昼のためを思って、余命日記の検証をやめようって言ったのに。どうして真昼は、その気持ちがわからないんだ）

「きみは今、どうして私はきみの親切心を理解しないのかって思ってるよね？」

「え……」

「ついでに言えば、私が何を考えているのかわからないって、そんなふうにも思ってる。ねぇ、正解？」

図星を突かれた僕は顔を上げ、目を丸くして固まった。

すると、そんな僕を見た真昼はそっと目を細めると、

「きっと籠原くんも、今の日也くんと同じことを思ってるんじゃないかな」

そう言って、とても穏やかに微笑んだ。

（和真も、今の僕と同じことを思ってる……）

そこまで言われて僕はようやく、先ほど真昼が告げた言葉の意味を理解した。

『人間ってさ、面白いよねぇ』

『案外自分でも気付かないうちに、自分が人にされて嫌だったことを、悪気なく別の人にしちゃったりすることもあるんだよね』

「あ……」

そうか。そういうことか。

僕はいつの間にか自分が勝手に掲げた善意を、〝真昼のため〟だと決めつけて、真昼の想いを無視して押し付けようとしていた。

――僕は真昼のためを思って、余命日記の検証をやめようって言ったのに、どうして真昼は、その気持ちがわからないんだ。

きっと、昨日の和真も、〝自分は日也のためを思って夏休みにみんなで映画に行こうと誘ったのに、どうして日也はその気持ちがわからないんだ〟って思っていたってこと。

僕は真昼が何を考えているのかわからない。でも、和真もきっと、僕が何を考えているのかわからずに、今の僕と同じように戸惑っていたのかもしれない。

「ちゃんと言葉にしないと、伝わらないこともあるよね」

「それは……」

「私の気持ちはわかってもらえた？　私は今言った通り、きみと余命日記の検証を最後まで続けたいの」

それが真昼の意思なのだ。自分の意思をハッキリと告げてもらえると、こんなにも受け止める側は楽なんだって、僕は今更、気がついた。

「なんか……ごめん」

結局、僕は〝真昼のため〟だと言い訳をして、自分がやりたくないことから逃げようとしていただけだった。

「ふふっ。別に、わかってもらえたならいいよ。それじゃあ、話は以上ってことで。今日も元気に、余命日記の検証を始めよっか！」

自分の情けなさに打ちひしがれる僕を見て、真昼は楽しそうに笑った。

だけど僕はその笑顔を見て唐突に、現実に引き戻された。

「い、いやいやいや……」

「うん？」

「たしかに、真昼の想いはわかったけどさ。僕の意見は？　余命日記の検証をやめたいっていう僕の意思は、どうして尊重されないんだ？」

「さてさて、今日の日記の内容は〜っと」

……耳がジャイアンかよ。

もう聞く耳を持つ気はないらしい真昼を前に、検証四日目にして僕もいよいよ諦めがついてしまった。

・七月二十一日（木曜日）
はじめに日也と真昼は、屋上に向かった。
ここで、ふたりは宝探しを始めるが、
のんきにしていて、なかなか見つけられない。
しかたがないと日也は諦めかけたけど、
たまたま真昼が、宝物のヒントを見つけた。

「いよいよ、宝探しの回か……」

だけど、腹をくくって読んだ今日の日記は、今までで一番子供じみたものだった。

日記を読み終えた真昼はいつも通り日記帳を鞄の中にしまうと、キラキラと瞳を輝かせながら僕を見つめる。

「宝探しだよ！　早く、屋上に行こう！」

初めて、生物室でこの日記を読んだときにも真昼はやけにワクワクしていた。

あのときはそこまで深く感じなかったけれど、今ならわかる。

真昼はこういう子供じみたものが好きなんだ。昨日の幽霊探しといい、これは真昼の好きなパターンだということを僕は悟った。

同時に、もう僕が何を言っても意味がない。この短期間で、僕もさすがに学習している。

（もうほんと、ここまできたらとことん真昼に付き合うしかないんだろうな）

余命日記を書いたやつの思い通りになるのは癪だとか、そんなことを考えることすらバカらしくなる。

「ほら、日也くん。早く行こう！」

そうして僕は早々に生物室を出た真昼を追いかけて、宝探しをするために屋上に向かった。

「今日は最っ高の、宝探し日和だねぇ」

深緑色の階段をのぼった僕らは、屋上に続く扉のドアノブを握った。

すると意外にもあっさりと扉は開いて、視界の半分を青空が埋めた。

不本意ながら、今、真昼が言った通りだ。生憎の快晴で、屋上の空気は澄んでいて気持ちが良くて、僕は柄にもなく深呼吸なんてしてしまった。

（悔しいけど、本当に絶好の宝探し日和だ）

「ねぇ、宝っていうくらいだし、すごく高価なものなのかな？」

と、そのとき。今の今まで空を見上げていた真昼が、僕を見て尋ねた。

「ダイヤモンドとか？ それとも、金塊とか？」

「そんなもの、学校の屋上にあるわけないだろ」

呆れたように言うと、真昼は不満げに唇を尖らせる。

「ほんと、きみって夢がないよねぇ。あ……じゃあ、日也くんは何ならいいの？」

「は？」

「だーかーらー。きみが、宝だって思えるもののこと。きみなら、何が見つかったら嬉しい？って聞いてるの」

――僕が宝だって思えるもの。

真昼に聞かれて一番に思い浮かんだのは、中学生の頃にやっていた動画投稿のことだった。

けれど僕は小さく首を振ってそれを打ち消すと、そっと視線を下に落とす。

「僕は別に……宝とか、見つかったら嬉しいものとか、全然ないから」

自分で言ったくせに、胸の奥がズキリと痛んだ。

大体にして、ここで動画投稿のことを思い出すこと自体どうかしている。

「っていうか、そういう自分は、どうなんだよ」

「え、私？」

「そう。真昼にとっての宝……見つかったら嬉しいもの。ダイヤモンドとか金塊以外に、何かないの？」

僕は自分の気持ちを誤魔化すように、真昼に質問返しをした。

するとと真昼は一瞬だけキョトンとしてから、視線をゆっくりと空に向けた。

「うーん。改めて聞かれると、答えるのは難しい質問だね」

ぽつりと呟いた真昼の横顔が、一瞬だけ寂しそうに見えた。

真昼はときどき、こういう表情《かお》をするときがあるんだ。

そう、今みたいに――顔は笑っていても、心は泣いているって顔をする。

「あのさ、真昼……」

どうして、そんな顔をするんだ？

思い切って、尋ねてみようかと思った。

けれど僕が聞いてもいいことなのかわからなくて、言いかけた言葉を呑み込んでしまった。

「ん？　どうしたの？」

「いや……なんでもない」

結果的には、やめて正解だったんじゃないかと思う。

（真昼が泣きそうな顔をしているとか寂しそうとか、そもそも僕の勘違いかもしれないし）

真昼はただ、夏の暑さを憂鬱に思って顔をしかめただけに違いない。

そうやって自分を納得させたのは、また『余計なお世話』と言われることが怖かったからだ。

「あ……見つかったら嬉しいもの、あった」

「え？」

「ダイヤモンドとか金塊以外の宝……ではないけど、見つかったら嬉しいもの、私にもあるかも」

次の瞬間、弾かれたように顔を上げれば、真昼の真っすぐな目と目が合った。

同時に僕はあることを思い出して、今日も制服のズボンのポケットに入れていたスマホを手に取った。

「え、ちょっと何それ」

「い、いや、そう言えば検証動画を撮らないとって思って」

一応、宝物に関することだし。

そう理由をつけながら、僕はスマホのカメラを真昼に向けた。

「それで、真昼が見つかったら嬉しいものって？」

【REC】のマークが表示された瞬間、画面越しに見えた真昼が僕に背を向けた。

「真昼？」

「見つかったら嬉しいものは――私の、〝ホントの気持ち〟」

「え？」

「うん。見つかったら嬉しいっていうより、見つけてもらったら嬉しいって言ったほうが正しいかもしれないけど」

屋上には、夏の強い日差しが降り注いでいる。

画面の中の真昼は不意に両手を広げると、空に向かって伸びをした。

「だから……そうだな。私は宝探しをするよりも、探される宝物になりたいのかも」

「宝物になりたい？」

「うん。だって、宝物って絶対に忘れられないじゃない？　絶対に忘れられない、代わりのないもの。私は――誰かの、宝物になってみたいな」

そこまで言うと真昼は、またスカートの裾を翻して僕のほうへと身体を向けた。

陽の光を照り返すコンクリートの熱が暑い。

僕は、真夏の太陽のように輝く真昼から目が離せなかった。

「私と日也くんってさ、本当は似てるんだよね」

「僕と真昼が似てる？」

「そう。きみはそんなはずないって否定するかもしれないけど、私達は本当は似てるんだよ」

そう言うと真昼は、また泣きそうな顔で笑った。

僕の左側でドクドクと脈打つ鼓動は、まるで危険を知らせる警笛のようだ。

僕はこれまで真昼は、和真と同じ側にいる人間だと思っていた。

実際に、クラスでも真昼が浮いていると感じたことはないし、誰かが真昼を悪く言ったり、からかったりしているところは見たことがない。

こう言ったらなんだけど、見た目だって普通に可愛らしいと思う。

友達だって普通にいて、それなりに勉強だってできて、いかにも一軍女子って印象だった。

だから僕は当たり前に、真昼は和真と同じ〝主役〟側の人間だと思っていた。

間違っても僕のような冴えないモブじゃなく、ヒーローの相手役のヒロインに選ばれてもおかしくない女の子だ。

僕に余命日記の検証をしようと言ったのだって、日記に偶然僕と真昼の名前が書いてあったから、仕方なく僕と行動を共にして、面白がっているんだろうとも思っていたけど――。

「あ……っ」

と、考え込んでいたら突然、真昼にスマホを奪われた。

「ちょ、ちょっと」

「はい、次はきみの番です」

「え？」

「私はきみの質問に答えたよ。だからきみも、自分の宝物……自分が見つかったら嬉しいものを、教えてよ」

そう言うと真昼は僕から取り上げたスマホのカメラを僕に向けた。

頬を伝い落ちてきた汗が、熱に焼かれたコンクリートの上に落ちて、一瞬で消えてしまう。

──僕の、宝物。

僕が本当に、見つかったら嬉しいと思っているものは……？

「……鍵」

自然と、口をついて出ていた。

カメラを真っすぐに見つめながら答えた瞬間、涙が目のふちまでせり上げてきて、喉の奥が熱くなった。

「鍵、って？　何の鍵？」

「アカウントにかけた鍵だけじゃなくて、僕が心にかけた鍵。見つけたら、本当は開けたいって思ってるんだ」

そこまで言うと僕は真昼の顔が見られなくなって、力なくその場にしゃがみ込んだ。

くだらない。気持ち悪い。僕は何を言ってるんだろう。

「……動画、もう止めてよ」

僕がそう言えば、真昼が動画を止めた機械音が耳に届いた。

突然意味のわからないことを言い出した僕に、真昼もきっと戸惑っているだろう。

だけど、不意に空気が変わったと思ったら、僕の目の前に真昼がしゃがみ込んでいた。

戸惑っていると思っていた真昼はなぜか笑っていて、膝を抱えた僕の顔を覗き込んでくる。

ドク、ドクと脈打つ鼓動だけが、僕の鼓膜を揺らしている。

「ねぇ、日也くん」

「な、何？」

「その鍵を見つけたら、私に一番に教えてね」

「は？」

「大丈夫。きみならきっといつか、見つけられるよ」

そう言った真昼は、やっぱり笑っていた。

でも決してからかっているふうではなくて、不思議と僕の心は軽くなった。

「っていうか私達、大事なことを忘れてるよね」

「え？」

「私達って宝探しをするために、屋上に来たのにさ。まだ全然、探し始めてもいないんだよ」

一瞬、何を言われたのかわからなかった僕は、間抜け面でポカンと口を開けて固まった。

でもすぐに〝宝探し〟のことを思い出して、反射的に肩から力が抜けた。

そうだよ。そう言えば、そうだった。いつの間にか恥ずかしい暴露大会みたいになっていたけれど、僕らは余命日記の検証をするために屋上に来たんだ。

本来の目的を思い出したと同時に、僕はたった今、自分が雰囲気に流されて口走ったことが、恥ずかしくてたまらなくなった。

「ねぇ、宝探し、始めようよ」

「で、でも、宝探しをするって言っても、そもそも余命日記に書かれてた宝の正体がなんなのかもわからないし、探しようがないだろ」

コホンと咳《せき》ばらいをした僕は、何食わぬ顔をして立ち上がった。

そして頬に流れる汗を拭いながら、ぐるりとあたりを見回してみる。

不幸中の幸いとも言うべきか、宝物らしきものは屋上に見当たらない。

「さすがに今日の日記は、ハズレだったんだよ」

つい、ホッとしている僕がいた。

だって今日の日記の内容がハズレていれば、真昼が明日、この世界から消えることもなくなるはずだ。

「もう、早いうちに諦めて帰ったほうがいいと思う」

そうして僕は、屋上に入ってきた際に扉のそばに置いたリュックを手に持ち、屋上を出て行こうとした。

「ねぇ、日也くん、待って！」

けれど扉を開けた瞬間に、真昼に名前を呼ばれて立ち止まった。

振り返ると、そばまで歩いてきた真昼が自身の鞄を漁って、中に入れてあった余命日記を取り出した。

そして、それにもう一度目を通し始めたかと思ったら……。

「あっ！　ねぇ、これ見て！」

突然小さく声を上げると、開いたページを僕に差し出した。

「これ見てって……。これは、さっき生物室で真昼が読んだ、今日の日記じゃん」

なんのことはない。

日記の内容がハズレた今となっては、誰かがイタズラで書いた、くだらないものだ。

「違うの。もう一度、読む方向を変えてみて！」

「読む方向を変える？」

「そう。この日記、読んだときからちょっと違和感があったんだ。他の日記よりも、ひらがなが多い気がして……」
・七月二十一日（木曜日）
はじめに日也と真昼は、屋上に向かった。
ここで、ふたりは宝探しを始めるが、
のんきにしていて、なかなか見つけられない。
しかたがないと日也は諦めかけたけど、
たまたま真昼が、宝物のヒントを見つけた。

改めて読むとたしかに、ひらがなの多さに違和感を覚えないこともない。

ついでに言うと、それまでの日記に比べて改行位置も不自然な気がする。

「それで、ここ。この、文章の頭文字だけを読むと、新しい文になるの！」

「文章の頭文字だけを読む？」

僕はもう一度、日記に目を向けた。

そして真昼に言われた通り、文章の頭文字だけを拾いあげて読んでみた。

「は、こ、の、し、た」

「ね？」

「箱の下！」

真昼が見つけた、宝物のヒントとはこれのことだ。

そう思った僕らは衝動的に、屋上に箱がないかを探し始めた。

でも、屋上で、それらしい箱は見つけられなかった。

けれど一通り見て回った僕はリュックを置いた場所で、あることに気がついた。

「箱の下って……」

屋上の扉がある階段の踊り場。僕はそこに設置された消火器が入った赤い箱の近くにリュックを置いた。

「真昼、あそこだ！」

僕らはすぐに消火器が入った赤い箱のそばまで行くと、箱の下を確認した。

「これ……」

すると、そこから思いもよらないものが出てきた。

というより、思わずゾッとしてしまうようなもの。

僕は自分の手のひらにのせたそれを、信じられない気持ちで凝視した。

「それって——間違いなく、〝鍵〟だよね」

まるで僕の言葉を予想していたかのようなもの。

でも、紛れもなく、誰がどう見ても僕の手の中にあるものは銀色に光る鍵だった。

そしてその鍵と一緒に、ふたつ折りにされた手紙が隠されていた。


【きみは、ラッキーだ。

みんなには、この鍵は内緒だ。

のんびり、屋上で過ごすといい。

みつけたものにだけ、使える鍵だ。

かぎは使ったら、元の場所に戻すこと。

ただしく使い、次の世代にも受け継いで。

　ＢＹ、歴代ＯＢ・ＯＧ達より】

「歴代ＯＢ・ＯＧよりって……もしかしてこの鍵は、先輩達が代々ここに隠して使ってきたものとか？」

「そうかもね。これを読む限り、偶然見つけた子だけが屋上に入れるってことだね」

僕の問いに真昼が頷いた。

でも、今日は僕らがここに来る前から屋上の扉の鍵は開いていたけれど……。

（前回、屋上に来た人が、鍵をかけ忘れたのか？）

「きっと、これまでも屋上を必要としてきた人達がいたんだろうね」

と、僕が考え込んでいたら、不意に真昼が呟いた。

「どういうことだ？」

「だって、ほら。これも文章の頭文字だけを読んだら、『きみのみかた』って書いてある」

「きみの味方……」

言われてみればたしかに、添えられた手紙も今日の余命日記の内容と同じく、文章の頭文字だけをとって読むと、別の一文が現れる。

「ねぇ、日也くん。もう一度、屋上に立ってみない？」

「え？」

「ふたりでさ、思いっきり両手を広げて、深呼吸してみようよ」

「深呼吸って……ちょっ⁉」

次の瞬間、真昼の手が僕の手を掴んだ。

僕は突然のことに驚いたけど、真昼はそのまま戸惑う僕を、もう一度屋上の真ん中まで引っ張っていった。

そして、僕と手を繋いだまま、宣言通りに深呼吸を始めた。

「ほら、日也くんも」

「え……あ、う、うん」

言われるがまま思いっきり息を大きく吸い込んで、ゆっくり吐く。

でも、正直今は、深呼吸どころじゃなかった。

僕は繋がれた手が気になって、どれだけ深呼吸をしても落ち着かなかった。

「あ、あの。真昼……」

「すごく、気持ちがいいね」

「え？」

「こうやって、屋上で深呼吸すると、なんだか心が晴れる気がする」

今度こそ真昼から目をそらした僕は、とにかくうるさい心臓に鎮《しず》まれと心の中で叫び続けた。

「ねぇ、日也くん、思ったんだけどさ。今日の日記はあの鍵が宝物と思わせて、実はこの屋上自体が本当の意味での宝物だってことを言いたかったんじゃないかな」

意味がわからず目を丸くすると、真昼は面白そうに小さく笑った。

「つまり、日也くんが見つけた鍵は、宝箱を開けるためのものだったってこと」

で、宝箱の中に入っていたのが、この屋上。

そう言われて改めて空を見上げた僕は、今度こそゆっくりと深呼吸をしてみた。

「……たしかに、すごく気持ちがいいかも」

僕が学校内で本当の意味で呼吸ができるのは、毎週月曜日の放課後に訪れる生物室だけだと思っていた。

だけど屋上は静かなのに息苦しくはなくて、開放感に満ちていた。

「学校内で息が詰まったら、ここに来たい。なんとなくだけど、今の僕がそう思うのと同じように思ったことがある人達が、ここに来て、息抜きをしていたのかもしれないな」

僕がそう言ってもう一度深呼吸をすると、真昼は大きく頷いたあと、僕と同じように空を見上げた。

「逃げ場があるだけで、少しだけ気持ちは救われるよね。あの子も――そんなふうに思ってくれるといいなぁ」

「あの子？」

思わず聞き返すと、真昼はハッとしてからあわてて僕と繋いでいた手を離した。

「真昼……〝あの子〟って誰のこと？」

「そ、それは……。あっ！　見てっ。きれいな飛行機雲！」

古すぎる誤魔化し方に、さすがの僕もツッコまずにはいられなかった。

「そこは、〝ＵＦＯ！〟って言うのが正しいんじゃないの？」

「古っ。それ、両親世代のネタじゃない？」

真昼はクスクスと笑っている。

僕は〝あの子〟が誰を指しているのか気になったけれど、これは絶対に教えてくれないパターンだと悟って、答えを聞くことを諦めた。

「あの、さ。こんなこと聞いたら、また怒られるかもしれないけど」

そして前置きという予防線を張って、別の質問を真昼にぶつけた。

「真昼は明日のこと、怖くないの？」

「え？」

「いや、だって……悔しいけど、結局、今日の日記も当たったから。ってことは明日の日記の内容も現実になるかもしれないってことだし……さ」

屋上の、開放感のおかげだ。

自分が気になることをしっかりと尋ねると、真昼にしてはめずらしく、バツが悪そうに目をそらした。

「真昼？」

「……そりゃあ、怖いよ。でも、もうとっくに覚悟は決まってるから」

「か、覚悟は決まってるって、どういう……」

「日也くんの、バーカっ！」

と、不意にそんなことを言った真昼は、子供みたいに僕にあっかんべーをした。

「え!?」

そして、

「あ、UFO!」

なんて、たった今、自分がバカにしたことをして、僕が一瞬目を離したすきに踵《きびす》を返して駆け出した。

「ま、真昼!?」

真昼はそのまま一度も振り返ることなく屋上を出て行ってしまい、その場には僕だけが取り残された。

本当なら、今すぐ追いかけるべきなのかもしれない。

だけどこのときの僕は、足の裏に根が張ったみたいに、そこから一歩も動けなかった。

(覚悟は決まってるって、真昼は死ぬ覚悟があるってことなのか?)

真昼の本心を聞き、僕は戸惑っていたのだ。

手の中には、銀色に光る鍵がある。

それを強く握りしめた僕は、自分の手が小さく震えていることに……今頃、気付いてしまった。

七月二十二日（金曜日）

「うん……。やっぱり、なんか変だよな」

真昼と屋上の鍵を見つけた日の夜。ひとりで悶々と考え込んでいた僕は、色々なことを整理するべく、これまでのことをノートに書き出してみた。

真昼の様子や言動にもいくつか疑問点を覚えたけれど、やっぱり一番の問題はあの不思議な余命日記の存在だ。

「まず断言できるのは、余命日記を書いた犯人は、屋上の鍵が消火器ボックスの下に隠されていたことを知っていたやつってことだ」

そうでなければ余命日記には書き記せない。

つまり、【あの鍵を知っていた＝屋上に来るやつ＝余命日記を書いた犯人】と、繋がっていく。

そうなると屋上に来て、あの鍵を使っている人間を見つけられれば、余命日記を書いた犯人を捕まえられるかもしれないってわけだ。

そのための方法は単純。毎日、誰が屋上に来るか見張り続ければいい。

そして見つけたら声をかけて、余命日記について聞いてみる。

あんなものを書いた犯人が自白するかどうかはわからないけれど、多分、これが一番確実に犯人を見つけられる方法だ。

（でも、それをするには、時間がたくさん必要かもしれない……）

そう。その作戦には大きな問題があって、犯人を探すには運と時間が必要になってくるってこと。

明日は夏休み前の最後の登校日で、一学期の終業式が執《と》り行われる予定の日だ。

つまり、明後日からは夏休みが始まる。

明日、都合よく犯人が屋上を訪れてくれればいいけれど、そうでなければ犯人探しは二学期に入ってからじゃないとできなくなる。

「だけどそれだと、間に合わない」

真昼がこの世界から消えると書かれていたのは明日の日記だ。

犯人を捕まえて余命日記の仕組みを白状させても、真昼を助けられるかどうかまではわからない。

「っていうか犯人を捕まえたところで、明日の日記の内容が現実にならないようにできるのかもわからないわけだし……」

思わず口からため息が漏れる。

まさにお手上げといったふうに天井を仰いだ僕は、ノートを閉じると椅子から立ち上がり、ベッドの上に倒れ込んだ。

（犯人が、どうして余命日記を書いたのかも、結局わかりそうにない……）

あんな悪趣味なものを書いたやつの気が知れない。

僕はゴロンと寝返りを打って仰向けになると、改めて真っ白な天井を眺めた。

脳裏に浮かぶのは、屋上から去っていく直前の真昼の顔。

『……そりゃあ、怖いよ。でも、もうとっくに覚悟は決まってるから』

「なんだよ……昨日までは、そんなの全然へっちゃらだって顔してたくせに」

また、口からため息がこぼれる。

あんなことを言われたら、嫌でも真昼の気持ちを考えずにはいられなかった。

大体にして真昼は昨日までは、自分がこの世界から消えると言われていることよりも、余命日記が予言書なのかどうかを検証するのを楽しんでいるように見えた。

(でも本当は、強がっていたんだ)

真昼は無理して笑っていただけ。

そう考えると、ときどき寂しそうに見えたことも、笑っているのに泣いているように見えたことにも納得がいく。

明るく笑っている裏で、真昼はひとり死ぬ覚悟を決めていたのだと考えたら、やりきれない気持ちになった。

「あー！　最悪だっ」

僕はまた、いても立ってもいられなくなり、余命日記を書いた犯人が誰なのかを改めて考え始めた。

けれど、どれだけ考えても今更手遅れな気がして途方に暮れてしまう。

「……真昼は今頃、何してるんだろう」

今は七月二十一日の木曜、夜の二十三時過ぎ。

まさか、日付が変わった瞬間に消えるなんてことはないよな？

七月二十二日の金曜日、天辰真昼は、この世界から消えるって……本当に、その通りになったりしないよな？

「あ……」

だけど、そこまで考えた僕はあることに気がついて目を見張った。

余命日記を書いた犯人についての、新しい考察だ。

「もしも……もしも、だ」

──余命日記を書いたのが、真昼本人だとしたら？

次の瞬間、ベッドから飛び起きた僕は、ついさっき閉じたばかりのノートを開いた。

そして今日、屋上を出て行くときに真昼が言っていた言葉を再度思い浮かべる。

『もうとっくに覚悟は決まってるから』

（とっくに覚悟は決まってるって……まさか、そういう意味じゃないよな？）

余命日記を発見したのはつい三日前。つまり真昼がこの世界から消えるという言葉を見つけてから三日しか経ってないってこと。

それなのに、〝とっくに覚悟は決まってる〟って、おかしくないか？

そう考えた僕は開いたページの真ん中に、【余命日記を書いた犯人＝天辰真昼】と書いてみた。

(仮にだけど、真昼が前から自分が明日消えることを知っていたとしたら？)

そうだとすれば、真昼がとっくに覚悟が決まっていたというのも納得がいく。

でも、どうして自分が消える……死ぬ日がわかるんだ？

もしかして、真昼は何かの病気とか？

いやいや、今日見た限りでは具合が悪そうだとか、そういう感じはしなかった。

もちろん、僕が気付いていないだけってこともありえるだろうけど……。

「っていうか……そもそも真昼は、余命日記を書いたのは自分じゃないって、最初に言ってたじゃないか」

思わず両手でぐしゃりと髪をかき上げた。

思い出すのは、余命日記を見つけた日に交わした会話だ。

『この余命日記、天辰が書いたのか？』

そう尋ねた僕に真昼は、

『どうして私が、わざわざこんな手の込んだことをして、きみをからかったりするの？』

『生憎、私はそんなに暇じゃないんだよね。何より、自分がこの世界から消えるとか――冗談で、書くわけないよ』

と、呆れたように笑いながら言ったんだ。

そのときの僕は言われてみればその通りだと思い、一応、納得した。

その後も疑いが完全に晴れたわけじゃないけど、余命日記を書いた犯人が真昼であるという考えは、自分の胸の内に留めていた。

「仮に真昼が余命日記を書いた犯人だとしても、目的が全然わからないし……」

〝自分がこの世界から消えるなんて、冗談で書くわけがない〟

本人がそう言っている以上、やっぱり疑うこと自体が間違っているのかもしれない。

（あ……そうだ。昨日の日記みたいに、もしかしたら余命日記自体に、何かヒントになるようなことが書かれているんじゃないか!?）

散々頭を抱えて悩んだ僕は、ふと、そんなことをひらめいた。

けれど肝心の余命日記は真昼が持って帰っているから、今は僕の手元になかった。

――もう完全に、行き詰まってしまった。

何度目かもわからないため息をついた僕はうなだれたあと、自身のスマホを手に取った。

そして、これまで撮ってきた検証動画を見返し始めた。

もしかしたら、そこに何かヒントが隠されているかもしれないと思ったけれど、残念ながらそれらしいものは見つけられなかった。

そして、そんなことをしているうちに時計の針は深夜0時をまわり、日付が変わった。

今日は七月二十二日の金曜日。

天辰真昼が、この世界から消えると予言されている日だ。

「もしも本当に、余命日記を書いたのが真昼だとすれば――」

急に悪寒がして、ブルリと背筋が寒くなった。

真昼が自分の死ぬ日がわかっている理由の、〝病気以外の理由〟を想像したら恐ろしくなったんだ。

「まさか、な。まさか、真昼が――」

最低最悪な想像だ。その先を言葉にはしたくない。

だって、あの真昼に限って〝自ら命を断つ〟ようなことをするわけがない。

まだ関わりを持ってから日は浅いけれど、僕にはどうしても真昼が自ら死を選ぶような人間には見えなかった。

「だけど、大抵は〝まさかあの人が……〟って言うもんな」

ペンを持つ手に力を込めた僕は、思わず椅子に座ったまま俯いてしまった。

真昼は人を脅して面倒事に巻き込み、自分勝手に振り回すようなやつだ。

耳がジャイアンだし、いつも言いたい放題だし、僕が和真と揉めたときには……さりげなく、助けてくれた。

「も、もうっ、早く寝よう」

今度こそノートを閉じた僕は、それを乱暴に机の引き出しに押し込んだ。

そしてスマホを持ってベッドに潜り込んで目を閉じた。

暗闇で光る小さな箱の中には、無邪気に黒猫とじゃれている真昼がいる。

ほら——大丈夫だ。

だって、〝死にたい〟とか考えてるやつが、こんなふうに笑うもんか。

だから、きっと。いや絶対に、真昼は大丈夫に決まってる。


「ふ、ぁ……」

翌朝、支度を済ませた僕はいつもより随分早い時間に家を出た。

そして高校の最寄り駅に着くと改札の前に立ち、次から次へと現れる、自分と同じ高校の制服を着た人達をひたすら眺めた。

（あ、あの子——いや、髪型が似てるだけで、別人だった）

結局、昨日はアレコレ考えすぎてほとんど寝られないまま朝を迎えてしまったせいで寝不足だ。

そんな中で人探しをしなきゃいけないとか拷問に近い。

「――おはようっ！」

「わっ⁉」

と、半分眠気に負けかけていたら、耳元で元気な挨拶をされた。

驚いて振り返ると昨日、最後に見せた顔は嘘だったのかと疑いたくなるほど、満面の笑みを浮かべた真昼が立っていた。

「な、なんだよ！　無事だったのか――」

僕は言いかけた言葉を、とっさに止めた。

するとと真昼は一瞬だけキョトンとしたあと、僕の顔を覗き込んできた。

「どうしたの？」

「べ、別に……なんでもない」

僕はあわてて真昼から目をそらした。

すると真昼は僕の反応を見て、「はは〜ん」なんて言いながらイタズラに目を細めた。

「もしかしてきみってば、私のこと心配して、今日は早く登校したとか？」

「は……はぁ⁉」

「ここにいるってことは、少しでも早く私の無事を確認したかった感じかな？」

思わずギョッとした僕を見た真昼は、「ふふっ」と声をこぼして楽しそうに笑っている。

（——ム、ムカつく）

そう思うのに、図星だった僕は何も言い返せなかった。

心配して損した。でも不本意だけど、真昼が無事だったことにホッとしているのは事実だった。

「真昼って、ほんと良い性格してるよな」

「えー。それは褒められたと思っていい？」

「そんなわけないだろ。っていうか、そういう性格してるから、僕も余命日記を書いたのは真昼かもしれないとか考えちゃったんだよ」

元気な真昼を見た僕は、真昼は自ら命を絶とうとしているわけではないと確信した——つもりだった。

だからつい口を滑らせて、〝余命日記を書いた犯人は真昼〟なんていう考察を、真昼本人の前で漏らしてしまった。

「余命日記を書いた犯人が私って——」

ハッと我にかえった僕は、改めて真昼の顔を見た。

　すると真昼は怪訝《けげん》そうな顔をしていて、そこで僕はようやく自分がとんでもないことを口にしたのだと気がついた。

「ご、ごめん。今のは……」

　真昼は余命日記のことを、本当はすごく気にしていたんだ。

　それは昨日、帰り際に聞いて知っていたはずなのに、あまりにも配慮のない発言だった。

「あ、あの。真昼……？」

　真昼は俯いて、黙り込んでしまっている。

　怖くなった僕はかける言葉が見つからなくて、真昼が再び口を開いてくれるのを、ひたすらに待った。

「ねぇ、日也くん……。提案があるんだけどさ。これから私と一緒に学校をサボらない？」

「は……？」

「今日は終業式があるだけで授業もないし、別にサボっても問題ないよね？」

　と、しばらくの沈黙のあと、唐突に口を開いた真昼は思いもよらないことを口にした。

　一瞬、何を言われたのか理解できなかった僕は、唖然として固まってしまった。

「ねぇ、いいでしょ。今日は私と学校をサボって遊ぼうよ」

顔を上げた真昼は可愛らしく首を傾げたけれど、目は笑っていないようにも見えた。

僕らが立ち止まっている間にも、同じ学校に通う生徒達は校舎に向かって歩いていく。

「じゅ、授業がないからサボっても問題ないとはならないと思うんだけど」

「じゃあ、きみは、校長先生の長い話を聞くために学校に行きたいんだ？」

「いや……。まぁ、そう言われるとそうだけど、そうじゃないっていうか……」

テンパるって、多分、こういうことだ。

動揺してしどろもどろになっている僕に対して、真昼は満面の笑みを浮かべながら畳みかけてきた。

「あーあ。今、私、すごく傷付いたんだけどな」

「う……」

「誰かさんに、また余命日記を書いた犯人だなんて疑われてさぁ。乙女のハートは、大ダメージを受けちゃった」

（何が乙女のハートだ。別に、余命日記を書いた犯人が真昼だって断言したわけじゃないだろ！）

思わず心の中で反論したけど、声にすることはできなかった。

そして、僕が怯《ひる》んだことを真昼は絶対に見逃さない。

今度はそっと目を細めると、自身の胸元に手を当てた。

「っていうか、実はね。私、余命日記を書いた犯人が誰なのか、わかっちゃったんだ」

「……は？」

「きみが今日一日、私に付き合ってくれるなら、犯人が誰なのか教えてあげてもいいんだけどなぁ。嫌だって言うなら、一生わからないままかもしれないね？」

真昼は後ろ手を組み、ふふんと笑って回れ右をした。

背中を向けられてしまったせいで、今、真昼がどんな顔をしているかはわからない。

（まさか真昼は本当に、余命日記を書いた犯人が誰かわかったのか？）

ドクン、ドクンと心臓がせわしなく鳴っている。

僕は最初からずっと真昼に振り回されっぱなしなんだ。

もういっそ、ここまで来たら自ら彼女の手のひらの上で転がったほうが楽なのかもしれない。

そして、そんなふうに考えてしまう時点で、真昼の思うつぼなんだろう。

「ねぇ、どうする？」

「……わかった。わかったけど、終業式が終わったあとじゃダメなのか？」

高校二年の一学期最後の一日である今日は、終業式とホームルームだけだから、午前中で学校からは解放される。

だけど僕の問いに答えるまで少し間を空けた真昼は、僕に背を向けたままでゆっくりと夏空を仰いだ。

「……終業式が終わったあとじゃ、いつもみたいに少ししか一緒にいられないから」

「え？」

「私、行きたい場所があるの。だから今すぐ出かけたい」

返ってきた答えは、腑に落ちないものだった。

でも、僕を振り返らない真昼の声は真剣そのもので、胸の奥がざわついた。

「少ししか一緒にいられないって……。もしかして、門限が厳しくて帰らなきゃいけない時間が決まってるとかいう話？」

「まぁ……そんなところかも。それで言うなら私の場合は――午後六時が門限かな」

「午後六時が門限？」

高校二年生にしては早い時間だと思う。

とはいえ最近は物騒《ぶっそう》な事件も多いし、特に娘を持つ親なら心配で、あえて厳しくしてるってこともあるのかもしれない。

（真昼はひとりっこだって、前に言ってたしな）

実は箱入り娘とか？　そう言えば真昼からのメッセージの返事は、夜は絶対に返ってこないもんな。

「ねぇ、もういいからさ。早く行こう?」

「え? あ――!」

と、僕が考え込んでいたら、不意に真昼の小さな手が僕の手を掴んだ。

昨日と同じく驚いた僕は、掴まれた手に目を向けてから、その先をたどって真昼の後ろ姿を見つめた。

「ふふっ。楽しみだなぁ」

振り返った真昼と目が合った瞬間、ドキリとした。

いやいやいや。僕はまだ、一緒に学校をサボるなんて一言も言ってないんだけど――なんてことは、とてもじゃないけど言う気にはなれなかった。

(……ほんと、どうかしてる)

顔が、熱い。

真昼の顔を真っすぐに見られない今の僕には、その手を振り払う理由が思い浮かばなかった。

＊　＊　＊

「行きたいと思ってた場所って、ここ？」

真昼に連れられてやってきたのは、海の近くにある遊園地だった。

平日なだけあって来場者はまばらだけれど、制服を着ている僕らは目立ってしまう。

「実は前から密かに、学校をサボって遊園地とか行ってみたいなーって思ってたんだ。この世界から消える前に来なきゃ、消えるに消えきれない気がしてさ」

「消えるに消えきれないって……」

縁起でもないにもほどがある。

つい訝《いぶか》しげに真昼を見れば、真昼は小さく舌を出して笑ったあと、おもむろに両手を広げて僕の前に立った。

「ってことで、今日はもうひとつ、きみに特別な使命を与えます」

「特別な使命？」

「そう。今日一日、きみは私の姿を動画で撮ってください」

「は？」

また突拍子もないことを言い出した真昼は、両手を広げたままくるりと回ってみせた。

腹が立つけど遊園地という背景が活きて、それなりに絵になってしまう。

「だって、今日の日記の内容は〝天辰真昼はこの世界から消えた〟だもん。私がいつ、どこで消えるかわからないから、その瞬間をおさめないと検証にならなくない？」

「ここでも検証って……」

呆れ果てて、ため息すらこぼれない。

っていうか、昨日の最後に見た姿は僕の見間違いだったのかと思うほど、今日の真昼はいつも通りに明るく元気だ。

(結局、僕の思い過ごしだったってことだよな)

真昼が、死のうとしているのかもしれないとか、考えるだけ無駄だった。

だって今、目の前にいる真昼は誰が見たって生気に満ちていて、活き活きしている。

「はい。じゃあとりあえず、きみはスマホを出して！」

「はいはい、わかったよ……」

今度こそため息をつきながらスマホを取り出すと、隣から伸びてきた手が素早くそれを僕から奪った。

「あ、おい……っ」

僕からスマホを取り上げた真昼は、カメラアプリを起動してすぐ、なぜかインカメラに切り替えた。

そして、録画ボタンを押してから僕の隣に並ぶと、

「今日は学校をサボって、ふたりで遊園地に来ましたー！」

なんて弾ける笑顔を浮かべたあと、僕の手にスマホを返した。

「ほら、時間がもったいないから早く行こう！」

一歩前に出た真昼が、スマホを持っている手とは反対の僕の手を掴む。

僕は僕の手を引く真昼をスマホ越しに見ながら、足を前へと踏み出した。


「っていうか、動画の撮りすぎでスマホの充電がヤバイんだけど……」

夏の遊園地は地獄である。と同時に、遊園地にいると時間が一瞬で溶けるということを、僕は今日初めて知った。

――気がつけば、時刻は十七時をまわるところ。

平日なだけあって、主要アトラクションでもほとんど待ち時間はなく乗られたおかげで、真昼も随分ご満悦な様子だった。

「話題の絶叫系は制覇したし、シューティング系アトラクションも楽しかったし、お化け屋敷もゾンビが気合入ってて最高だったし、一緒に食べたアイスクリームも美味《おい》しかったよね」

僕は真昼に言われるがまま、そのすべてをスマホの動画におさめた。

おかげで僕のスマホは充電が死にかけているし、うっかり誰かに見られたら勘違いされそうなくらい、動画フォルダは真昼で溢れかえっていた。

（今日の夜にでも、【余命日記検証用】としてフォルダ分けしよう……）

「はーぁ。ほんと、今日は楽しかったなぁ」

真昼越しに見えた太陽は、傾き始めている。

日が長い時期とはいえ、そろそろ夜が近いことを知らせていた。

「門限、大丈夫なのか？」

僕は前を歩く真昼に何気なく尋ねた。

すると真昼は視線だけで僕を振り返り、

「うん。家に着くのは十八時過ぎちゃうかもしれないけど――。〝あの子〟は、しっかりしてるから大丈夫」

そう言って、穏やかに目を細めて笑った。

「あの子？」

かく言う僕は真昼の言葉に引っかかりを覚えたので聞き返した。

けれど逆光で影になった真昼は、僕の問いが聞こえなかったのか、答えてはくれなかった。

「ねぇ、最後にアレ乗ろうよ！」

代わりに彼女は、あるものを指さした。

その先にはこの遊園地で一番目立っていた乗り物があって、僕は思わず足を止めた。

「観覧車？」

「そう。私、最後にきみと観覧車に乗りたいな」

今日一日の締めとしては、無難なチョイスなんだろう。

（結局、今日一日、真昼がこの世界から消える気配はなかったな）

そびえたつ観覧車を見上げながら、そんなことを考えた。

最後の最後に、日記の予言は外れたんだ。

もちろん今日はあと七時間あると言われたら気は抜けないけれど、今、目の前にいる真昼が今日中にこの世界から消えるなんて、にわかには信じられなかった。

「真昼は、約束、ちゃんと覚えてるんだよな？」

「うん？」

「今日一日、真昼の行きたいところに付き合ったら、余命日記を書いた犯人を教えてくれるって言ったろ」

真昼が今日も鞄に入れて持ってきているだろう余命日記には、今日から先の日記は書かれていなかった。

だから、普通に考えれば余命日記の検証も今日で終わりだ。

そういう意味では先ほど真昼が口にした〝最後〟という言葉には、僕と真昼の関係が今日で終わるという意味も含まれているのかもしれない。

「もちろん。約束だからね。ちゃんと……全部、話すよ」

陽の光に照らされた真昼の横顔があまりにきれいでドキリとした。

僕は衝動的にスマホを構えるとカメラを起動し、画面の下部にある赤い丸ボタンをタップした。

「あはは。きみも、検証が板についてきたねぇ」

「い、いや、これは検証っていうか――」

今の真昼があまりにも儚げで美しいから、撮らずにはいられなかった――なんて。

臆病な僕には口が裂けても言えなくて、あわてて録画停止のボタンを押した。

「なんだ。せっかくなら、撮り続けてくれてもいいのに」

「そ、それは……ほら、充電がヤバイし」

このとき僕が見た画面の端の小さな赤い電池マークは、まるで今の僕らに残された時間を示しているようにも思えた。

「そっか。それなら、あと僅かの時間を大切にしなきゃね」

そう言った真昼の笑顔と言葉に、チクリと胸が痛んだのはどうしてだろう。

僕は胸の痛みの答えが出ないまま、真昼とふたりで観覧車のゴンドラに乗り込んだ。

向かい合わせで座ったせいか地上にいるときよりも真昼との距離を遠くに感じて、やっぱり胸の奥がシクシク痛む。

「しばらくしたら、太陽も沈むよね」

「え？」

「できれば、その瞬間も、このゴンドラの中から見たかったな」

気がつくと、ゴンドラはてっぺんに到達していた。

真昼の言葉で我に返った僕は、あわてて真昼が指さすほうへと目を向けた。

するとそこには海の上に浮かぶように輝く太陽があって、少しの時間、目を奪われた。

「観覧車ってさ、デートの定番でしょ？」

「デ、デート？」

「そう、だから私、きみと乗りたかったんだ。あ……見て。白い月が見える。まだ太陽がいるのに、せっかちだなぁ」

ふふっと小さく笑った真昼は、やっぱりどこか儚げなのに、とてもきれいで……僕の胸は、痛いくらいに締めつけられた。

——月曜日。真昼に余命日記の検証をしようと言われたときには、とんでもないことに巻き込まれたと思って自分の運のなさを呪った。

だけど、なぜだか今の僕は、この時間がいつまでも終わらなければいいと思ってしまっている。

散々振り回されて、最低最悪だと感じてばかりいたはずなのに。

いざ、余命日記の検証が――真昼との時間が終わると思ったら名残惜しくなるなんて、僕は本当に、どうかしている。

「観覧車デートならさ。月も星もよく見える夜のほうが、盛り上がるんだろうね」

「ま、まぁ……。多分、一般的にはそうかもね」

「えー、その言い方。もしかして日也くんてば、誰かと夜の観覧車に乗ったことがあるとか⁉」

「あっ、あるわけないだろ！　そもそも女子とふたりで遊園地に来るのも初めてだし、観覧車に乗るのだって……真昼が、初めてだから」

自分でも情けないくらいに顔が熱くなっているのがわかって、僕はあわてて真昼から目をそらした。

「っていうか、こんなこと言わなくたってわかってただろ。僕が女子とデートとか、普通に考えて気持ち悪いって言われるだろうし、絶対にありえないっていうか――」

「……嬉しい」

「は？」

「きみの初めてになれて。嬉しい」

驚いて、顔を上げた。

するとの前にいる真昼は今にも泣き出しそうな顔で、笑っていた。

「ま、真昼……？」

「あー。でも、せっかくなら、日也くんの〝夜景を一緒に見た女子の一番〟にもなりたかったな」

「え……」

「なんて、そんなの絶対に無理なんだけどね。だって私、眠くなくても午後六時には絶対に寝ちゃうから」

「眠くなくても午後六時には……寝る？」

一瞬、意味が理解できなかった僕は、真昼が言った言葉をそのままオウム返ししていた。

「ふふっ。言葉の通りだよ。私が起きていられるのは、午後六時までなんだ」

ゴンドラは、ゆっくりと地上に向かって降り始めている。

だけど今の僕には外の景色を眺める余裕なんて、少しもなかった。

「真昼……。きみは、一体……」

「……日也くん、今まで騙していてごめんね」

と、そのとき突然、真昼が意を決したように話し始めた。

「きみが察していた通りだよ。余命日記を書いた犯人は……私なの」

「え……？」

――余命日記を書いたのは、真昼。

思いもよらない告白に、僕はこめかみを鈍器で殴られたような衝撃を受けた。

「で、でも。前に僕が余命日記を書いたのは真昼なんじゃないかって聞いたら、真昼は違うって言って――」

そこまで言いかけた僕は、改めてそのときの真昼の言葉を思い浮かべた。

『どうして私が、わざわざこんな手の込んだことをして、きみをからかったりするの？』

『生憎、私はそんなに暇じゃないんだよね。何より、自分がこの世界から消えるとか――冗談で、書くわけないよ』

ちょっと待て。よくよく考えてみたら真昼は『自分が余命日記を書いたんじゃない』と、ハッキリと否定したわけじゃない。

「まさか、〝冗談で書いたわけじゃない〟ってことなのか……？」

震える声で尋ねると、真昼はまた小さく笑ってから頷いた。

「正解。私は余命日記を冗談じゃなくて、本気で書いたの」

「な、なんで……？　なんでそんなこと、したんだよ？」

みっともなく狼狽《うろた》えてしまった僕の脳裏を、また〝嫌な予感〟が過る。

だけど僕がしている悪い想像すら真昼にはお見通しなのか、真昼はそっと目を伏せたあと、「自殺しようとは考えてないよ」と、蚊《か》の鳴くような声で呟いた。

「じゃ、じゃあ、どういうつもりで余命日記なんて書いたんだよ！」

つい、声を荒らげてしまった。

対する真昼はあくまで冷静に、順を追って話し始めた。

「私、前からきみが毎週月曜日に生物室で、金魚に餌をあげてることを知ってたの。ほら、前に人間観察が趣味だって言ったでしょ？　だから、きみが来る月曜日を狙って、余命日記を金魚の餌が置いてある場所に隠したんだ」

そう言った真昼はおどけて見せたけど、僕はちっとも笑えるような気分じゃなかった。

「小動さんの美術部の事情も、全部知ってた。前に美術部顧問の池谷先生と、小動さんが話しているのを聞いて、知ってたの」

心臓は、ドクン、ドクンと不穏な音を立てている。

「音楽室の幽霊の件も、前に浜家先生が学校内で猫缶を持って歩いてるのを見かけてね。それで、あとをつけたら音楽室で黒猫ちゃんを飼ってるのを知って……。でもまさか、幽霊の噂が立つとは思わなかったけど」

その黒猫は今、真昼の家で飼われている。

名前は家族で話し合って、〝朝《あさ》〟になったと、宝探しに向かう途中で真昼から聞かされた。

「屋上もね。前に偶然、鍵を使って入っていく先輩を見かけたことがあって。これはいつか何かに使える!と思って、ずっと温めてたネタだったんだ」

「あのヒント、なかなかいい感じだったでしょ?」なんて、またおどけて見せた真昼はまつ毛を伏せながら、これまでのことをすべて思い出したように微笑んだ。

「つまり、月曜日から今日までのことはすべて、私が仕組んだことだったの」

僕は最初からずっと、真昼の手のひらの上で踊らされていただけだったのだ。

「な、なんでそんなことしたんだよ」

「うん?」

「やっぱり真昼は、僕をからかって楽しんでたのか!?」

僕はもう自分でも、怒っているのか悲しんでいるのか、よくわからなかった。

だけど裏切られたという思いはあって、器が小さい僕はついまた声を荒らげ、真昼のことを責めてしまった。

「結局真昼も……教室で僕をからかってくるやつらと、同じだったのか?」

僕を蔑《さげす》んだ目で見てくるやつらと同じ。僕に聞こえる声で、僕をあざ笑うやつらと同じだったのか?

「……あんなのと、一緒にしないで」

「え……」

「私は一度も、日也くんをからかって楽しんだりしていない！」

次の瞬間、力いっぱい、真昼が叫んだ。

ハッとして真昼を見ると、真昼の目には透明の涙が滲んでいた。

「ま、真昼……？」

「私は、日也くんに私のことを覚えていてほしくて、余命日記を書いたの」

「え？」

「きみに、私のことをずっと忘れないでいてほしくて、余命日記を書いたんだよ」

今にも消え入りそうな声で真昼が呟いた。

そのとき、きれいな瞳から一筋の涙がこぼれ、真昼が膝の上で固く握りしめている手の甲に落ちた。

その涙を見たら怒りも悲しみも、裏切られたという浅はかな考えもすべて一瞬で、どこかに吹き飛んでしまった。

「昨日も言ったでしょ？　私ときみは、似てるって」

『私と日也くんってさ、本当は似てるんだよね』

『そう。きみはそんなはずないって否定するかもしれないけど、私達は本当は似てるんだよ』

たしかに真昼は、昨日の屋上で宝探し中にそう言った。

だけど僕には真昼と自分が似てるとは到底思えなくて、納得ができなかった。

「そういうわけで、余命日記を書いた犯人は私。そして……余命日記の検証は、今日で全部おしまい。以上！」

頬を伝った涙を拭い、真昼は震える声でそう言った。

真昼はまるで話もこれで終わりみたいな言い方をしたけれど、僕は到底これで終われるはずがなかった。

「待ってよ。もう本当に……意味がわからないんだけど」

思わず、ぐしゃりと前髪をかき上げた。

余命日記を書いたのは真昼で、日記を書いた理由は、僕に自分のことを覚えていてほしかったから？

もうそれだけでも十分意味がわからないけれど、今日、真昼がこの世界から消えるっていう日記は、どういう意図があって書いたものなんだ？

「真昼は、今日この世界から――」

消えないよな？

「はーい。お疲れさまでした～」

尋ねようとした僕の言葉は、タイミング悪く地上に着いたゴンドラと、ドアを開けた係員に遮られてしまった。

「あはは、残念。タイムオーバーみたい」

無邪気に笑った真昼が一足先に降りたせいで、ゴンドラが大きく揺れた。

僕も真昼のあとを追ってゴンドラを降りようとしたのだけれど、不意に口を開いた真昼に足を止められてしまった。

「係員さん、すみません。彼だけこのままもう一周、乗せてあげてほしいんですけど」

「は？　なに言って……」

「それ、私からきみにプレゼント。それじゃあ――バイバイ、日也くん」

一瞬、何を言われたのかわからずに固まった。

でも、最後に真昼が指さしたほうへと目を向ければ、今の今まで真昼が座っていたところに余命日記が置いてあるのを見つけた。

「ちょっ、なんだよこれ。どういうこと――」

そうして僕が再び振り返ったときには、真昼の姿は忽然《こつぜん》と消えていた。

「ま、真昼？」

「えーと。お兄さん、どうされますか？　待っているお客さんいないですし、降りた時に料金もらえれば、このままもう一周いっても大丈夫ですけど……」

「お、降ります！」

あわてて余命日記を引っ掴んだ僕は、ゴンドラから降りて周囲を見渡した。

だけど、そのあとどれだけ園内を探しても、真昼を見つけることはできなかった。

来たばかりのときは、制服姿の僕らは目立つと思っていたのに。

一度人混みに紛れてしまうと、こんなにも簡単に見失ってしまうんだってことを、思い知らされた。

「くそ……っ」

ひとりになった僕の手の中に残ったのは、真昼が置いていった余命日記だけ。

結局、ここに書かれている通りになってしまった。

この日を境に真昼はこの世界から――僕がいる世界から、忽然と姿を消してしまったのだ。

七月三十日（土曜日）

「ほんと……なんだったんだよ」

夏休みに突入して、今日でちょうど一週間。

真昼と遊園地に行った日から、一週間と一日が経過した。

七月最後の土曜日である今日も、僕は何もする気になれずに無駄な一日を過ごしてしまった。

時刻は十七時半。ちょうど、真昼と観覧車で別れたのと同じ頃だ。

あのあと――僕は真昼に【もう一度、会って話がしたい】とメッセージを送ってみたけれど、今日まで返事はきていないどころか、既読すらつかないままだった。

ベッドに寝転びながらスマホをいじり、メッセージトークの画面を開いてみる。

相変わらずの変化なし。こんなふうにしているうちに、一週間が過ぎ去った。

「はぁ〜……」

手に取ったばかりのスマホを離し、顔の上に腕を置いた。

この一週間、何をするにも億劫《おっくう》で、僕はひたすら自室にこもってばかりいた。

(って言っても、元から似たような生活をしてたけど)

むしろ、真昼と過ごした五日間が異例だったってだけ。

真昼と連絡がつかなくなって、僕は本来であれば望んでいた平穏な日々が戻ってきたと諸手《もろて》を挙げて喜ぶはずだった。

もう、余命日記なんて、くだらないものに振り回されることもない。

少し前の僕なら、心の底から安堵《あんど》するような状況だ。

だけど――どうしてか、心は以前よりもずっと重たかった。

今の僕は喜びを感じるどころか、毎日が酷く退屈で、苛立って、落ち着かない。

「なんなんだよ、本当に……」

顔の上から腕をおろした僕は、離したばかりのスマホを手に取った。

そしてカメラフォルダを開くと、その中で分けた【余命日記検証用】と名付けられたフォルダをタップした。

フォルダを開けば、そこには僕が撮った検証動画が並んでいる。

サムネイルのほとんどが真昼で、そのひとつひとつを見返すたびに、僕は真昼に会いたくてたまらなくなった。

真昼の笑顔が、何気ない仕草が、言葉が、頭から離れない。

決して認めたくはないけれど、僕は彼女を撮ることで、動画を撮る楽しさを取り戻しつつあったんだ。

知らず知らずのうちに僕の中で真昼という存在が大きくなって、今ではもう誤魔化しがきかないくらい特別になっている。

（真昼に、会いたい）

けれど、その想いは動画を撮る楽しさを完全に取り戻すためとか、そんなのは一切関係なく……。僕はただ真昼に会って、もう一度話がしたかった。

(まさか本当に、あのあと……二十二日の金曜日に、真昼はこの世界から消えたなんてこと、ないよな？)

考えたら、また胸が痛くなる。

まさかこのまま本当に一生、会えないなんてこと、ないよな？

この一週間で何度も駆られた不安に、心が覆い尽くされた。

時間が経てば経つほど嫌な想像しかできなくなって、まさに気分は最悪だった。

日に日に、真昼の身に何かあったのでは？という不安が増していく。

けれど夏休みに入っているせいで、真昼の安否を確認する方法がないのだ。

嫌なニュースが流れてこないかもチェックしているけれど、【天辰真昼】に関する情報はどこにも流れていなかった。

「ハァ……」

ガシガシと頭を掻き、ベッドから身体を起こした僕は机の引き出しに入れてあった余命日記を取り出した。

この日記は、真昼が書いたものらしい。

一応、受け取った日に五日分の日記を読み返してみたけれど、最後の〝天辰真昼はこの世界から消えた〟という言葉に嫌気がさして、すぐに机の引き出しに押し込んだ。

それ以来、一週間、机の中に入れっぱなしにしていた。

「結局、僕は最後まで振り回されただけじゃないか」

愚痴《ぐち》っぽくなるのは嫌なのに、どうしても愚痴らずにはいられなかった。

＊　＊　＊

「なんか、久しぶりに外の空気を吸ったかも」

その日の夜……と言っても十九時半を過ぎた頃。

僕は思い切って家を出ると、家から一駅離れた映画館に向かった。

目的は、レイトショーを見るためだ。

三年ほど前に見た有名映画のスピンオフ作品なのだけれど、本家とは違って大した話題にもならずに消えようとしている作品だった。

「シネマメンバーズアプリはお持ちですか？」

到着した映画館内は、予想通り閑散《かんさん》としていた。

カウンターでスマホの画面を見せると、館内スタッフさんが慣れた手つきで表示されたバーコードを読み取ってくれた。

人気作ならレイトショーでもお客さんは入るんだろうけど、ランキング圏外のスピンオフなんて、わざわざ夜に見に来る人は少ない。

（スピンオフ作品――。そう言えば、たしか二年になってすぐの頃、学校の図書室で真昼に話しかけられたときに、そんな話をしたんだっけ）

今の今まで、何を話したのかなんて忘れていたけれど。

ひと欠片《かけら》の記憶を思い出したのをキッカケに、なんとなくそのときのやり取りが脳裏に蘇ってきた。

『ねぇ。今、きみが読んでる本って、何年か前に映画化された作品のノベライズだよね？』

……そうだ。ちょうど、そのときに読んでいた本が、某有名作のスピンオフ作品だったんだ。真昼がなんでそれに興味を持ったのかはわからないけれど、その本について、少しだけ話をした。

でも、どんな話をしたんだっけ。

僕は必死に記憶の糸をたぐり寄せたけれど、記憶の糸は途中でプツリと切れてしまっていた。

（仕方ないよな。あのときは、真昼と僕は住む世界が違う人間だから、もう二度と関わることもないと思って興味すら持たなかったんだ）

それをまさか、数ヶ月後に後悔するとは夢にも思わない。

「はぁ……最悪だ」

結局、僕は気晴らしのために来たはずの映画館でも真昼のことを考えてしまって、最初から最後まで作品に集中することができなかった。

それでも礼儀としてエンドロールまで鑑賞すると、明るくなった館内で席を立ち、出口のドアへと向かった。

いつもなら映画館で見た映画のパンフレットは必ず買って帰るのに、今はそんな気にもなれなかった。

ふと腕時計で時刻を確認したら二十二時半ちょうどで——なんとなく、観覧車の中で真昼に告げられた言葉を思い出した。

『だって私、眠くなくても午後六時には絶対に寝ちゃうから』

『私が起きていられるのは、午後六時までなんだ』

（結局、あれも、どういう意味なのか聞きそびれたままだ……）

真昼のことも、余命日記のことも、何もかもが中途半端で不完全燃焼なままなんだ。

だからこそ気持ちが消化しきれず悩んでいるのだけれど、もしもこのまま一生、真昼に会えないなんてことになったら……どうなってしまうんだろう。

「え——」

と、そのとき。僕は思わず小さく声を漏らして立ち止まった。

視線の先――映画館の明かりにハッキリと照らされた横顔は僕がよく知る人物の横顔とそっくりで、驚いてしまったのだ。

（真昼……？）

まさかと思って目を擦《こす》ってみたけれど、間違いなく真昼だ。

真昼は僕が今見てきた作品の隣の部屋で上映されていた映画のパンフレットを持ち、駐輪場に向かって歩いていた。

「ま、真昼っ！」

僕は衝動的に声を張り上げ、真昼のことを呼び止めた。

周囲にいた人達が声に驚き、訝しげに僕のことを振り返った。

でも、肝心の真昼に僕の声は届かなかったのか、立ち止まらずにさっさと行ってしまう。

「くそっ」

あわてて駆け出した僕はすぐに真昼に追いついた。

「真昼！ なんで無視するんだよ！」

真昼の行く手を阻むように立つと、再び声を張り上げた。

初めて見る私服姿の真昼は、いつもはおろしている髪を後頭部の高い位置でひとつにまとめていた。

白いTシャツにジーパン、スニーカーというラフな格好で、制服姿のときとはまぁまぁ雰囲気が違って見える。

「ま、真昼？」

真昼は突然現れた僕を見て、大きな目を更に大きく見開いていた。

そして、そのまま少しの間、僕を不思議そうに見ていたかと思えば――おもむろに、耳につけていたワイヤレスイヤホンを外した。

（なんだ。音楽を聴いていたから、僕の声が聞こえなかったのか……）

送ったメッセージと同じく、無視をされたわけではなかった。

そんなことでホッとしてしまう僕は、自分でも悲しくなるくらい情けないやつだ。

「っていうか、無事なら無事だって連絡くらいしろよ！　あれから僕が、どれだけ心配したと思って――」

でも、そこまで言いかけた僕は、違和感を覚えて言葉を止めた。

目の前にいる真昼が、どうにも〝いつもとは違う〟ような気がしたのだ。

「あの……どちら様ですか？」

そして、口を開いた真昼は、思いもよらない質問を僕にぶつけた。

「ど、どちら様って……」

なんだよ、それ。また、悪い冗談のつもりか？

だとしたら、全然笑えない。それなのに動揺して、口元がヒクついてしまった。

「以前、どこかでお会いしましたか？」

状況の理解に苦しみ、呆然としている僕に向かって再び真昼が尋ねた。

目の前にいるのは、どこからどう見ても真昼だ。

それなのに真昼は、まるで僕のことなんて知らない、初めて会ったという顔をしている。

いや――もしかしたら本当に、人違いなのか？

世の中には似た顔の人が三人はいるっていうし、彼女も真昼のそっくりさんである可能性はゼロではない。

完全に混乱してしまった僕は、自然と一歩、後じさった。

「あの……」

女の子も戸惑いながら、僕の返事を待っている。

僕は太ももの横で握りしめた手に力を込めると、『少し冷静になれ』と自分自身に言い聞かせた。

目の前にいる子は顔も背格好も声も、何もかもが真昼とソックリだ。

でも、改めて見たら、雰囲気が僕の知っている真昼とは違って、随分大人びているようにも感じた。

（やっぱり、真昼ではないのか？）

だとしたら、僕はとんでもなく恥ずかしい勘違いをしたということになる。

「す、すみませんっ。僕、人違いをしたみたいです」

いくら真昼でも、この短期間で僕のことを忘れるわけがない。

更には目の前にいる彼女が、嘘をついているようにも見えなかった。

やっぱり、僕は人違いをしたんだ。

（恥ずかしすぎる。真昼のことを考えすぎて、赤の他人を真昼と間違えて声をかけるなんて……）

「ほ、本当にすみませんでしたっ」

もう一度謝罪を口にした僕は、目の前にいる真昼のそっくりさんに深々と頭を下げた。

穴があったら入りたいとは、このことだ。

僕は謝罪を終えると踵を返して、逃げるようにその場から立ち去ろうとした。

「あ、あのっ。ちょっと待ってください！」

だけど、突然そっくりさんに引き留められた。

驚いた僕は反射的に足を止めると、ぎこちなく振り返った。

「あなたのお名前を、聞かせていただいてもよろしいですか？」

「ぼ、僕の名前……ですか？」

「はい。よろしければ……ですけど。聞かせていただけると嬉しいです」

初対面なはずの彼女に、どうして名前を聞かれたのだろう。

それでも僕が迷ったのは一瞬で、

「佐野日也です」

気がつくと、ごく自然に彼女の問いに答えていた。

「佐野、日也……くん」

僕の返事を聞いた真昼のそっくりさんは、驚いたように目を見張る。

彼女が僕の名前を聞いてなぜ驚くのかわからなくて、僕は無言のまま、次に彼女が発する言葉を待つしかなかった。

「あなたが……あの、佐野日也くんなんですね」

そうして、ほんの少しの間を空けてから、彼女はもう一度僕の名前を口にした。

その言い方はまるで何かの答え合わせをしているかのようにも聞こえて、疑問は更に深まるばかりだった。

「間違っていたら、すみません。佐野くんは私を、天辰真昼と間違えて声をかけたんじゃないですか？」

けれど、彼女が真昼の名前を口にしたことで、僕が一度手放した真昼への手がかりに繋がる。

「そ、そうです！　僕はあなたを、同じクラスの天辰真昼だと思って声をかけました！」

思わず声を大きくした僕に、彼女が「やっぱり……」と納得したように呟いた。

「私、あなたに話さなければならないことがあります。これから少しだけ、お時間をいただくことはできますか？」

「え……これからですか？」

「はい。お願いします」

時刻は、二十二時半をまわったところ。

終電まではあと一時間あるけれど、それを逃すと僕は朝まで帰れない。

（それに……何より、こんな深夜に女の子を連れまわすのって、よくないよな？）

この子の家族も帰りが遅すぎるって心配するかもしれないし、運が悪ければ補導されてしまうかもしれない。

「ぜひ……と言いたいところなんですけど。今日はもう遅いですし、明日の昼間とかはどうですか？」

「え……」

ずっと気がかりだった真昼の現状を、知ることができるかもしれない。

本当なら終電を逃してでも話を聞きたいところだけれど、彼女に迷惑をかけるのは違う気がして、僕はそう提案した。

「明日じゃ、手遅れになるんです！　だからどうしても今晩中に、あなたに話さなければいけないことがあるんです！」

だけど彼女は、そう言って僕に詰め寄った。

見た目はどこからどう見ても真昼なので、やっぱり彼女は真昼本人なんじゃ？と、混乱しそうになる。

「て、手遅れになるって、どういうことですか？」

「それもこのあと、順を追ってお話させていただきます」

強引さも、あの真昼を彷彿《ほうふつ》とさせた。

「僕が声をかけておいてなんなんですが、その……あなたは、誰なんですか？」

もう我慢ができずに尋ねた。

すると彼女は視線を斜め下にそらしたあと、意を決したように顔を上げ、真っすぐに僕を見つめた。

「私の名前は、天辰小夜子《さよこ》です」

「天辰……って、もしかして、真昼のお姉さんか妹さんですか？」

姉妹だとしたら、ここまで似ているのも納得がいく。

いや、むしろ双子だって可能性もある。

（だけど真昼は、ひとりっこだって言ってたよな？）

「……いいえ、私は真昼の姉でも妹でもありません」

「え？」

「そのあたりも含めて、きちんとご説明しますので。映画館の裏に公園がありますから、そちらに移動しませんか？」

彼女……小夜子さんからの提案に、僕は頷くことをためらった。

けれど、この機を逃せばいつまた真昼に繋がる縁に巡り会えるかわからない。

何より、彼女が先ほど、『明日じゃ、手遅れになる』と口走ったことが心に引っかかった。

「……わかりました。よろしくお願いします」

こうなったら、とにかく、真昼が無事でいるのかどうかだけでも知りたい。

そう思った僕は腹をくくって、彼女の提案を受け入れた。

「ありがとうございます！　じゃあ、行きましょう。私は自転車を取ってきますので、少しだけ待っていてください」

もう、何が正解かなんてわからない。

駐輪場のほうへと消えていく小夜子さんの背中を眺めながら、僕は太ももの横で拳を強く握りしめた。

＊＊＊

「あの、これ……。よかったら、どうぞ」

「わっ、ありがとうございます」

自転車を取りに行った小夜子さんを待っている間に、僕は近くの自販機で冷たいお茶と紅茶を買った。

小夜子さんが好むかどうかはわからなかったけれど、紅茶のペットボトルを渡したら、彼女は驚いたあと嬉しそうに顔を綻ばせてくれた。

「ベンチ……に座って話しますか？　それとも、このあたりで立ち話でも大丈夫ですか？」

目的地である公園に着き、僕にそう尋ねた彼女越しには、ベンチで寝ている酔っぱらいの姿が見えた。

「小夜子さんが大丈夫なら、ここで立ち話にしませんか？」

できれば座って話したかったけれど、空いているベンチは酔っぱらいが寝ているべンチのすぐ隣なので近づくのは気が引けた。

「わかりました」

小夜子さんも公園内を見て同じように思ったのか、苦笑いをこぼすと、歩道の脇に
ここまで押してきた自転車を寄せてスタンドを立てた。

夏の夜の公園は、虫の鳴き声が静かなＢＧＭになっている。

蒸し暑さと緊張で頬を流れ落ちた汗を、僕はＴシャツの襟《えり》ぐりを持ち上げて拭った。

「ええと、私からお声がけしておいて、何から話せば……という感じなんですけど」

沈黙を切って、小夜子さんが早速本題を切り出した。

「先ほどの佐野くんの感じですと、佐野くんは真昼からは何も聞かされていないんですよね？」

小夜子さんはそう言いながら、僕を見た。

彼女が何について僕が真昼から話を聞かされてないと思ったのかわからないけれど、
とりあえず「はい」と答えて彼女の次の言葉を待った。

「……そうですよね。昨日読んだ真昼の日記にも、そのように書いてありましたし」

「真昼の……日記？」

小夜子さんの口から出た〝日記〟というワードに、自分でも思った以上に過剰に反

応してしまった。

どうしても、余命日記を連想せずにはいられなかったんだ。

でも、真昼が書いた余命日記は今、僕の部屋の机の引き出しに入っている。

だから小夜子さんが、〝昨日読んだ〟はずがないし、余命日記ではない別の日記の話なんだろう。

「とりあえず単刀直入に、〝私達〟のことからお話させていただきますね」

「小夜子さん達のこと、ですか？」

「はい。真昼と、私についての話です」

相変わらず戸惑ってばかりの僕とは対照的に、小夜子さんは努めて冷静に話し続けた。

「先ほども自己紹介させていただいた通り、あなたと今話をしている私は、〝天辰小夜子〟といいます」

「はい……。僕があなたと間違えた、天辰真昼のお姉さんでも、妹さんでもないんですよね？」

「そうです。私達は、姉妹ではありません。でも……私と真昼は姉妹のような関係で、今も同じ家に住んでいます」

「姉妹じゃないけど、同じ家に住んでいる？」

また、汗が輪郭をなぞるように伝い落ちた。

僕は今度はその汗を拭うことも忘れて、『真昼は今、どこにいるんですか？』と尋ねそうになった。

けれど、人は動揺しすぎると思い通りに口が回らなくなるんだってことを知った。

聞きたいことは山ほどあるのに、うまく尋ねられる気がしない。

「あなたが私と間違えた、天辰真昼は……。今、眠っているところなんです」

「ね、眠っている？　家で寝ているってことですか？」

「……いいえ。家ではありません。私の中で、眠っています」

そう言うと彼女、小夜子さんは、自分の胸元に手を当てた。

当の僕はと言えば、バカみたいにポカンと口を開けて、フリーズしてしまった。

（だって……意味がわからない）

小夜子さんの中で真昼が眠っている？

「ああ、そうなんですね」なんて、簡単に納得できるわけがない。

「すみません。ちょっと……意味が、わからないです」

僕は、途切れ途切れに、そう答えるしかなかった。

すると僕の返事を聞いた小夜子さんは、

「……そうですよね。突然こんなことを言われても、受け入れられませんよね」

と言って、視線を足元へと落とした。

「佐野くんは、〝トロイメライ症候群〟という病名を聞いたことがありますか？」

「トロイメライ症候群？」

「はい。先天性の疾患《しっかん》なんですが、私……というか、私と真昼は、そのトロイメライ症候群を持って生まれました」

――トロイメライ症候群とは、簡単に言うと【昼と夜で人格が入れ替わる奇病】らしい。

朝の六時と、夕方の六時で人格が切り替わり、活動していないほうの人格は切り替わりの時間が来るまで眠りについた状態になるのだという。

「つまり、ひとつの身体の中に、真昼と私、ふたつの人格が混在しているんです」

「それって……いわゆる、二重人格ってやつですか？」

「いいえ。二重人格――解離性同一性障害は、一般的にはトラウマなどによって、ひとりの身体の中に複数の人格が混在すると言われている後天性疾患です」

一方、トロイメライ症候群は先天性の疾患。

生まれたときから、ひとつの身体にふたつの人格が備わっている奇病なのだと、小夜子さんは説明を続けた。

「じゃ、じゃあ、真昼が今は寝ているっていうのは……」

「はい。私達の場合は、昼間起きているのが真昼。夜起きているのが私、小夜子なので、真昼は夜の間は、この身体の中で眠っているんです」

小夜子さんはそう言うと再び自身の胸元に手を当てた。

申し訳ないけれど、にわかには信じられない話だ。

けれど今、小夜子さんが嘘をついているようには見えなかった。

「真昼は、夕方の六時になると必然的に眠りについて私と入れ替わります。そしてまた、朝の六時になったら目を覚ますんです」

「あ……」

その言葉を聞いた僕は、また、観覧車の中で真昼が言っていた言葉を思い出した。

『だって私、眠くなくても午後六時には絶対に寝ちゃうから』

『私が起きていられるのは、午後六時までなんだ』

僕はそう言われたとき、理解に苦しんだ。だけど——。

「そ、そうか。それだけじゃなくて、午後六時が門限だって言っていたのも、本当は門限じゃなくて、入れ替わりの時間だって意味だったのか」

加えて、真昼が自分を下の名前で呼ぶようにと、こだわっていたのも……。

小夜子さんと自分を、差別化させるためだったのだと思うと納得がいく。

「真昼が何度か口にしていた〝あの子〟っていうのは……」

間違いない。今、僕の目の前にいる、小夜子さんのことだ。

小夜子さんから話を聞いたことで、不可解だったいくつかの点が線となって繋がり、真昼に対して抱いた疑問が、スルスルと解けていった。

「小夜子さんは、今、眠っている真昼と通信みたいなことができたりするんですか？」

もしできるのなら、真昼を叩き起こしてほしいところだ。

そして、僕が文句を言っていると伝えてほしい。

だけど僕の問いに小さく首を振った小夜子さんは、また静かに話し始めた。

「いいえ。真昼が起きている間は私も眠っていますし、私達は直接話をすることはできないんです。だからこれまでは、交換日記をしてお互いの情報を伝えあってきました」

「え……。漫画とか小説でよく見る、頭の中でやり取りをするって感じじゃないんですか？」

「はい。トロイメライ症候群の患者は、本当に全く別の人格がひとつの身体に住んでいる状態なんです。だから、それぞれの人格が起きているときの記憶も感情も引き継がれません。……身体はひとつなのに、すごく不思議ですよね」

そこまで言うと小夜子さんは、困ったように笑った。

「そういうわけで、佐野くんが私を真昼と間違えて声をかけたのは仕方がないというか、当たり前の間違いなんです」

当たり前の間違いと言われると複雑なものの、目の前にいる女の子は小夜子さんだけど、真昼でもあるということで間違いないらしい。

「でも、突然こんな話をされても、簡単には受け入れられませんよね」

「それは……まぁ、今すぐ全部を理解しろと言われると、少し難しいですけど……」

「そう、ですよね」

「あっ。だけど、病気のこと……本当は話したくなかったのかもしれないのに、話してくださって、ありがとうございます」

「え？」

「あ……いや……。真昼は僕に病気のことは話してくれなかったので、小夜子さんも本当は話したくなかったんじゃないかなと思って」

そこまで言うと、僕は視線を斜め下にそらした。

たしかに、小夜子さんから聞かされた話は俄《にわ》かに信じがたいものだった。

だけど、僕には不思議と小夜子さんが嘘をついているようには思えなくて、妙に納得してしまったのだ。

真昼とは、たった一週間、一緒に行動していただけの関係だ。

病気のことを話してもらえなかったのは、仕方がないことなんだろう。

寂しいと思うのは僕の身勝手な感情で、真昼が僕に話さなかった理由は単純に、僕に病気のことを知られたくなかったからなのだろうと思った。

(だからきっと、小夜子さんも僕に病気のことを話すのは嫌だったんじゃないかと思ったんだけど……)

「……佐野くんは、真昼の日記に書いてあった通り、優しい人なんですね」

「え?」

「私は昨日、真昼が隠していた日記を読んでしまったんです。そこには、佐野くんのことが書かれていて……。私は、佐野くんはどんな男の子なんだろうって、会ってみたくなりました」

つまり、小夜子さんが僕の名前を知っていたのは、その真昼が隠していた日記に僕が登場していたからというわけだ。

真昼が自分の日記に、僕のことをどんなふうに書いていたのかはわからないけれど、今の小夜子さんの口ぶりだと、悪く書いていたわけではないらしい。

(でも、それならどうして真昼は突然、僕との連絡を絶ったんだろう)

「真昼が佐野くんに隠していたことを、私が勝手に話してしまうのは、真昼の立場からすれば許せないことだと思います」

と、ひとりで考え込んでいた僕は、そう言った小夜子さんの言葉で我に返った。

「でも、真昼が本心では佐野くんにすべてを伝えたいと思っていたからこそ、私達は今日、こうして引き合わされたんじゃないかとも思ったんです」

力強い小夜子さんの言葉が、夏の夜を駆ける。

小夜子さんの声に反応したのか、それまで気持ちの良いＢＧＭとなっていた虫達の声がピタリとやんだ。

「トロイメライ症候群について、私はもうひとつ重要なことを佐野くんにお伝えしなければなりません」

「もうひとつ、重要なこと……ですか？」

「はい。トロイメライ症候群はすべての症例において、十七歳の誕生日に人格が統合されてしまうんです」

「じ、人格が統合される……？」

「つまり、十七歳の誕生日を迎えた瞬間に、ふたつの人格のうち、どちらか一方は完全に消えるということです」

力強い目が真っすぐに僕を射貫く。

それまで僕は小夜子さんの話を聞くことで、絡まっていた謎が少しずつ解けていくような爽快感を感じていた。

けれど今は、嫌な予感で心が覆い尽くされている。

止める術はないのに、小夜子さんの次の言葉を聞くのが怖かった。

「消える人格はすべての症例において、昼の人格であると決まっています」

——まるで、雷に打たれたような衝撃だった。

同時に僕は、あの忌々しい余命日記のことを思い出してしまった。

「だ、だから、〝天辰真昼は、この世界から消える〟って……」

「え？」

「や、やっぱり。あれも、真昼がわかっていて書いたことだったんだ！」

他の日記と同じように。

真昼が自分で、そうなることを見越した上で書いたものだったのだと気付いた瞬間、血液が沸騰したように身体が熱くなった。

「そ、それで……っ。その、誕生日はいつなんですか!?　まさか、真昼はもう消えてしまったなんてこと、ないですよね!?」

僕は衝動的に、小夜子さんの両肩を掴んでいた。

小夜子さんは真昼と同じように元々大きな目を更に丸くして、必死な形相であろう僕の顔を見つめていた。

この状況で、冷静でいろというほうが無理な話だ。

七月二十二日の金曜日、真昼は自分で、自分はこの世界から消えると書いた。

そしてそれ以降、真昼からは一切の連絡もないし、メッセージの既読すらつかない状態が続いている。

だとしたら、考えられるのは真昼が既に消えてしまったんじゃないかってこと。

真昼の誕生日は、七月二十二日だったのか？

（ふざけるなよ……！）

散々、人のことを振り回しておいて。

人の心に土足でズカズカ上がり込んでおいて、何も真実を告げずにいなくなるなんて許せない！

「さ、佐野くん、落ち着いてください。私は先ほど、真昼は今、私の中で眠っていると言いましたよね？」

「あ……」

『あなたが私と間違えた、天辰真昼は……。今、眠っているところなんです』

言われてみれば、たしかに先ほど小夜子さんは、そう言っていた。

冷静に諭された僕は、あわてて我に返ると、小夜子さんから手を離した。

「す、すみません。僕、テンパってしまって……」

また、穴があったら入りたくなった。

でも、真昼はまだ消えていないのだと知って、心の底からホッとした。

「佐野くんは……やっぱり、とても優しい人ですね」

「え……？」

「それに、真昼のことを、とても大切に思ってくれているんですね」

そう言った小夜子さんは僕を見て、穏やかに微笑んだ。

対する僕は彼女のその表情に、音楽室で黒猫とじゃれている真昼の姿を重ねてしまった。

あのときの真昼の笑顔と、今の小夜子さんの笑顔は似ている——とは言っても、ふたりの身体はひとつなのだから、似ていて当然なんだろうけれど。

「ぼ、僕は全然、優しいとかそういうんじゃないので……」

「ふふっ。〝真昼を大切に思ってる〟ってところは否定しないんだ」

「あ……」

「なんて。すみません、生意気なことを言ってしまって。だけど佐野くんは、やっぱり〝真昼に消えてほしくない〟と思っているということですよね？」

今度は雷に打たれただけでなく、金属バットでこめかみを殴られたみたいな衝撃を受けた。

僕は真昼に消えてほしくないと思っている——。

その通りだ。今、小夜子さんに言われた言葉は当たっていた。

でも、第三者に改めて口にされると、気恥ずかしさが込み上げてくる。

僕は、真昼のことが心配でたまらなかった。

そして真昼が本当に消えてしまうと聞いて、とてもショックだったんだ。

（なんだよ。本当に、これじゃあまるで……）

真昼がいなくなってからの、この一週間。ずっと認めたくなかった想いを、僕はいよいよ認めざるを得なくなった。

あんな、人を平気で脅すようなやつ。人を騙して振り回して、急にいなくなるようなやつのこと。

ああ、そうだ。僕は、いつの間にか、そんな真昼のことが――……。

「私達の十七歳の誕生日は明後日、八月一日です」

「あ、明後日が誕生日……？」

「はい。私と真昼は明後日、十七歳になります。つまり明日の午後六時を最後に、真昼はこの世界から消えてしまいます」

でも僕は、真昼への想いに気付いた直後、暗闇に突き落とされた。

今日は七月三十日だけれど、あと一時間後には日付が変わる。

七月三十一日の午前六時に真昼は目を覚ます。

だけど午後六時を迎えたと同時に眠りについて――真昼はそのまま、二度と目を覚まさないということだった。

目を覚まさないというより、文字通り〝消える〟と言ったほうが正しいのだろう。

(なんだ……結局、真昼は本当に消えるんだ)

事実を改めて心の中で反すうしたら、絶望感に襲われた。

たとえばだけど、トロイメライ症候群で消えてしまった人格は、どこへ行ってしまうのだろう。

いわゆる、あの世?

真昼の〝死〟を意識した瞬間、全身から力が抜けた。

真昼が、消えなければならないんだろう。

「なんで、真昼が……」

『……そりゃあ、怖いよ。でも、もうとっくに覚悟は決まってるから』

屋上で、真昼が言った言葉に嘘はなかった。

真昼は今日までずっと、自分が消える運命だとわかっていながら生きてきたんだ。

それは、どれだけの恐怖と葛藤《かっとう》に悩み続けた日々だっただろう。

自分はいつか消える存在だということを自覚しながら、真昼が僕の前で笑っていたんだとしたら——。

真昼がときどき寂しげだったり、泣きそうな顔をしているように見えたことにも、納得がいく。

（僕は、本当にバカだ。大バカ野郎だ）

真昼が僕に、トロイメライ症候群のことを打ち明けられなかったのも当然じゃないか。だって僕は、いつも自分の苦しみや葛藤を真昼にぶつけるばかりで、真昼の苦しみや葛藤には、ちっとも気付いてあげられなかった。

「最低だ……」

情けなくて、悔しくて、たまらない。

これまで自分に嫌気がさしたことは何度もあったけれど、ここまで自分に激しい怒りを覚えたのは初めてだった。

「その……トロイメライ症候群の患者さんは、本当に必ず昼の人格が消えるって決まってるんですか？」

僕は藁《わら》にもすがるような思いで小夜子さんに尋ねた。

けれど尋ねてから自分がとんでもなく残酷な質問を彼女にしてしまったことに気がつき、背中を冷たい汗が伝い落ちた。

「あ――す、すみません。今のは、小夜子さんが消えればいいとかそういう意味で言ったわけではなくて……」

「ふふっ。大丈夫です、わかっていますから。佐野くんからすれば、〝どうして消えるのが真昼のほうなんだ〟と思って当然です」

小夜子さんはそう言うと、小さく笑って俯いた。

「私達の主治医曰《いわ》く、トロイメライ症候群患者のふたつの人格の内のひとつが十七歳の誕生日に消える一番大きな理由は、防衛本能に起因しているとのことです」

「防衛本能に起因している？」

「はい。先ほど話した通り、私達は昼と夜で入れ替わって、表に出ていない人格はその間、眠りにつきます。でも……表に出ている人格が居眠りでもしない限り、身体は二十四時間起き続けているんです」

そうなれば当然、身体には大きな負担がかかるというわけだ。

「そういう負荷に身体が耐えうる限界が十七歳なのだと、医学界では考えられているらしくて。だから、どちらか一方の人格が消えることは仕方がないことなんだと……以前、主治医から説明されました」

ある意味で、それが今の医学の限界というやつなんだろう。

「もちろん、私達からすれば〝仕方がないこと〟なんて、簡単に割り切れるものではないですが……」

それでも、割り切る以外の方法がないってだけ。

ふたりで死ぬか。どちらか一方が身体に残って生き続けるか――。

二者択一を迫られれば誰もが、後者を選ぶべきだと言うはずだ。

「どうして消える人格が、決まって昼間の人格なのかというのも、今の医学では解明されていないらしいです。そもそもトロイメライ症候群自体が、とても珍しい病気で症例が少ないので、まだ研究段階のことも多いみたいで……」

そこまで言うと小夜子さんは、長いまつ毛を静かに伏せた。

「でも……本当に、佐野くんの言う通りだと思います」

「え……？」

「私も、どうして残るのが私なんだろうって思っているから。私ではなく、真昼が残るべきなんじゃないかと、私は今日までずっと考えていました」

不意にそう言った小夜子さんの表情は、これまで何度も目にした真昼の寂しげな様子と重なって見えた。

ズキリと胸が痛んだのは、彼女の複雑な想いが嫌というほど伝わってきたからだ。

「真昼は明るくて、優しくて、私にはないものをたくさん持っている子です。私よりも昼間の人格である真昼が残ったほうが、希望に溢れた未来を歩んでいけるんじゃないかと思うと……」

大きな瞳からは、今にも涙が溢れ出しそうだった。

同時に僕は、彼女――小夜子さんを見ていて気がついたことがある。

彼女もまた、真昼と同じように今日までずっと恐怖と戦ってきたひとりなのだ。

十七年間共存してきた相手が、ある日突然、自分を残して消えてしまう。

もちろんそれは彼女のせいではなく、トロイメライ症候群という奇病のせいだ。

それでも自分が残るということは必然的に真昼が消えるということで、少なからず〝自分の犠牲になって真昼は消えた〟という罪悪感は生涯彼女を苦しめ続ける。

くわえて、彼女はこれまで夜しか起きられなかったせいで、昼の生活に慣れていない。

十七歳の誕生日を境に、ひとりで昼間の生活に適応していかなければならないのだから恐怖や不安、葛藤があって当然だ。

生きるという意味では、真昼に比べたら圧倒的有利な彼女なのに。

そういう立場の彼女にだって、彼女なりの悩みがある。

これまでの僕なら、小夜子さんは真昼と違ってこの先もずっと生きられるのだから、小夜子さんの悩みなんて贅沢《ぜいたく》なものだと自分勝手な解釈をしていただろう。

だけど今は——。真昼と過ごした日々の中で、真昼が僕に教えてくれたことのおかげで、そういう自分以外の人の想いに、気付けるようになった。

自分とは住む世界が違う人達にも、その人達なりの考えや悩み、葛藤があって、それは他の誰かの苦悩と比較できるものじゃない。

「……ひとつ、お願いしてもいいですか」

太もも横で強く拳を握りしめた僕は、小夜子さんを真っすぐに見つめながら口を開いた。

「お願い、ですか？」

「はい。先ほど、小夜子さんが言っていた……真昼の日記を、僕にも見せていただけませんか？」

唐突な僕からのお願いに、小夜子さんは狐につままれたような顔をして固まった。

今の時刻は、二十三時をまわったところ。

こんな時間に高校生が出歩いていたら、いつ補導されてもおかしくない。

それでも今、見つからずに無事でいられるのは、きっと、見えない何かの力が、僕らの選択の後押しをしてくれているからなんじゃないかとも思う。

「お願いします。僕はどうしても、真昼が何を考えていたのか知りたいんです」

そこまで言うと、僕は小夜子さんに向かって深々と頭を下げた。

（僕は真昼に、直接聞きたいことがある）

言いたいことも山ほどあって、そのためにはまず、真昼が話してくれない〝真昼のこと〟を知らなきゃいけないんだ。

「……わかりました」

ぽつりと答えた小夜子さんは、決意に満ちた表情をしていた。

「真昼の日記は家なので、これから取りに行ってもいいですか？　家までは、ここから自転車ですぐなので」

「それなら、僕が小夜子さんの家まで自転車をこぎます。小夜子さんは、後ろに乗ってください」

「え？」

「そのほうが多分、速いので。真昼が起きる朝の六時までに……色々な準備をしたいんです！」

力強く想いを告げれば、小夜子さんは少し迷った表情を見せたあと、覚悟を決めた様子で頷いてくれた。

「わかりました。佐野くんのしたいようにしてください」

そうして僕らは、夏の夜を自転車で走り出した。

いつの間にか再開していた虫の鳴き声のBGMすら、もう耳には入ってこない。

聞こえてくるのはひたすらに風を切る音と、僕らの呼吸音、それに心臓の音だけだった。

前へ、前へ——。真昼が迎える最後の日に間に合うようにと願いながら、僕はその夜、必死にペダルをこぎ続けた。

××月××日（×曜日）

「トロイメライ症候群？」

あれは、いつのことだったかな。

病院の窓から見えた樹は葉が落ちていたから、多分、寒い季節だったんじゃないかと思う。

「はい。検査の結果、娘さんは先天性の奇病、トロイメライ症候群であることがわかりました」

大きな病院の一室で、淡々と両親に説明をしているのは白衣を着たお医者さん。

小さな私はお母さんの膝の上に座りながら、両親とお医者さんの話を聞いていた――というのが、私が思い出せる限りでは一番古い子供の頃の記憶だ。

「わ、私……この子が赤ちゃんの頃から、違和感を覚えてはいたんです」

お医者さんにそう言ったお母さんは、涙声だった。

そんなお母さんの肩を抱くお父さんは、大人しく座っている私の頭を愛おしげに撫でてくれた。

「先生。娘はこの先、どうなってしまうんでしょうか」

「残念ながら、現時点ではトロイメライ症候群に有効な治療法は確立されておりません。しかし患者さんは例外なく、十七歳の誕生日に人格が統合されることが報告されていますので、定期的な経過観察を行いつつ、自然と人格統合されるのを待つのが良いのではないかと思われます」

それは当時、まだ四歳だった私に理解できるような話ではなく、私は退屈を体現するように欠伸《あくび》をした。

「つまり……いずれ、娘の中に存在しているどちらか一方の人格は消えてしまうということですか？」

「そういうことになります。そしてこれについても例外なく、消えるのは昼間の人格で、残るのは夜の人格であるということも報告されています」

お医者さんの後ろにある時計の針は、午後三時をさしていた。

病院に来るために家を出たのはお昼前だったから、お腹がグゥと小さく鳴った。

「ねぇ、ママ。まひる、おやつたべたい」

「ごめんね、真昼……。本当に、ごめんね……」

そう答えたお母さんは、私をギュッと抱きしめながら泣いていた。

ママってば、まひるのおやつ、もってくるのわすれちゃったの？なんて。

そんなふうに思った私は、「おうちまで、がまんするからだいじょうぶ」と答えながら、お母さんの温かい腕に顔を埋めた。

「先生、私達は娘のために、これから何をすればいいんでしょうか」

お父さんが膝の上で拳を握りしめながら、お医者さんに尋ねた。

するとお医者さんはまず、昼と夜の人格は全く別の人間であるということを頭に入れて、それぞれに名前をつけることを進言した。

それは、トロイメライ症候群の人の中にいる人格の『人としての尊厳を守るため』にするべきことらしい。

だから昼間の人格である私を、元々の名前で【真昼】と呼び、夜の人格を【小夜子】と名付けたのだと、この一番古い記憶から数年経った頃に、私は両親から説明された。

「おはよう、真昼」

そうしてトロイメライ症候群であると診断されて以降も、私と小夜子はひとつの身体を共有しながらそれぞれに成長していった。

人格が切り替わる瞬間は、例えるならテレビの電源のＯＮ・ＯＦＦの瞬間とよく似ていて、私達は決まった時間に電源が入ったように目を覚まし、また決まった時間がくると電源が落ちたみたいに眠りについた。

初めて『自分の中に、誰かがいる』と自覚したときには、なんだかワクワクしたことを覚えている。

私はひとりっこだと思っていたから、姉妹ができたみたいな感覚だったんだ。

でもトロイメライ症候群は、それぞれが起きているときの記憶と感情は、一方に引き継がれない。

身体もひとつなら、当然脳もひとつなのに本当に不思議。

小学校低学年頃までの私は、小夜子と意思疎通を図れたことは一度もなかった。

「ねぇ、お母さん。小夜子ってどんな子なの？」

「そうねぇ。真昼は外で身体を動かして遊ぶのが好きだけど、小夜子は家の中で絵を描いたり、本を読んだりするのが好きみたいね」

ひとつの身体の中に、ふたつの人格。

不思議なことに、私達の性格は真逆だった。

どちらかと言えば活発な私とは対照的に、小夜子は内向的で、年齢よりも大人びた印象を周囲に与える女の子なんだと大人達は教えてくれた。

「もし、真昼が小夜子のことをもっとよく知りたいと思うのなら、小夜子と交換日記をするのはどうかな？」

「交換日記？」

「うん。そうすれば、直接会えなくてもお互いを知ることができるでしょう？　小夜子も真昼に会ってみたいって言っていたし、交換日記を始めたらきっと喜ぶはずよ」

お母さんがそう提案してくれたのは、私が小学校中学年に上がった頃だ。

以前から小夜子のことをよく知りたいと思っていた私は、ふたつ返事でお母さんの提案を受け入れた。

【はじめまして。私は真昼。これから私のことを小夜子にたくさん教えるから、私にも小夜子のことをたくさん教えてくれると嬉しいな】

そうして、私と小夜子の奇妙な交換日記が始まった。

私は昼間見たことや聞いたこと、友達と遊んだことや学校でのことなどを、事細かく書いて小夜子に報告した。

小夜子からの返事は基本的に淡白で短いものばかりだったけれど、字は私より何倍も上手で、私はいつも小夜子に感心しきりだった。

勉強だって、トロイメライ症候群の人に用意された国の特別プログラムを受けているからか、私よりも随分賢いんだってことが、小夜子の持っている勉強道具やプリントから伝わってきた。

小学生の私は朝起きて、小夜子が夜のうちに書いた日記を読むのが楽しみだった。

姉妹というよりも、まるで親友とする交換日記みたいな感覚。

一度も会ったことはないけれど、やり取りが続いていくうちに少しずつお互いの距離が近づいていくのを感じられて嬉しかった。

小夜子も、同じように思ってくれていたらいいな……なんて。

そういう私の想いが通じていたのだと思えたのは、小夜子が交換日記を通して、自分の夢の話をしてくれたときだった。

【私、前から絵を描くのが好きだったんだけどね。この間、学芸員って仕事があることを知って、将来は学芸員になれたらいいなと思ったの】

それは小学六年生のときに、小夜子が交換日記に書いた〝自分の夢〟だ。

当時の私はまだスマホを持たせてもらえず自分で調べられなかったから、学芸員がなんなのか、お母さんに教えてもらった。

【学芸員って、博物館とか美術館で働く人のことなんだね。小夜子は頭いいし、きっとなれるよ。私、小夜子のこと応援してる！　頑張って、絶対に夢を叶えてね！】

まだ幼かった私は、小夜子が自分の夢を打ち明けてくれたことが、嬉しかった。

そして私も、いつか小夜子みたいに、自分が叶えたい夢を見つけられたらいいなと思ったんだ。


「――今日は真昼ちゃんに、とても大切な話があるんだ」

だけど、十三度目の誕生日を迎えたある日。

私は、自分には〝叶えたい夢〟は必要ないのだということを知った。

「真昼ちゃんは、自分がトロイメライ症候群という病気であることは知っているね？」

病院に連れて行かれた私は、小さい頃から主治医を務めてくれていた先生に、〝あなたは十七歳になったら消えてしまう〟ということを告知された。

「国の法律でね、決まっているんだ。患者本人の尊厳を守るために、十三歳の誕生日を迎えたら、それぞれの人格に告知をしなければいけないって」

冷静に話をする主治医とは対照的に、両親は私のそばで泣いていた。

けれど当事者であるはずの私自身は、泣くことも、怒り狂うことも、暴れることもせずに、先生の後ろにある時計の針をぼんやりと眺めていた。

——ああ、こういうの、なんて言うんだっけ。この間、たまたま読んだ漫画に似たようなシーンがあったんだよね。

そうだ……〝余命宣告〟ってやつだ。

今の先生の話が本当なら、私はあと四年後に消えちゃうみたい。

消えるって、多分、死ぬってことだよね。

でも、私の場合は少し、違うのかな？

だって、人は死ぬと身体が燃やされて骨になる。

そうならない私は死ぬというより、私だけが、〝この世界から消える〟と言ったほうが正しいのかもしれない。

心の中で整理した途端、言いようのない恐怖が込み上げてきた。

小夜子が私の身体に残って、私だけが消えてしまう。

私だけが……この世界から、消えるんだ。

「……先生。どうして私だけが、消えなきゃいけないの？」

小さな声で尋ねた私の身体を、お母さんが力強く抱きしめた。

──そう言えば、前にもこういうことがあったっけ。

時間もちょうど今と同じ、午後三時。

遠い記憶の中のお母さんが泣いていたのは、私のためのおやつを持ってくることを忘れたからじゃなかった。

私が……私だけが十七歳の誕生日を迎えると同時に、この世界から消えるからだったんだ。

あのときのお母さんは、私がいつかは消えてしまうことを知って、悲しくて泣いていたんだね。

「ごめんね、真昼……。本当に、ごめんね……」

以前も聞いた言葉を、お母さんが私の耳元で口にした。

温かい、ぬくもり。だけどそれを感じられる私の身体は最初から小夜子のもので、私は小夜子の身体を間借りしているに過ぎなかった。

小夜子が主役だとしたら、私は脇役。

なんて、そんなことをつい考えてしまったのは、病院に来る途中ですれ違った同い年くらいの男の子が、映画のパンフレットを大事そうに抱えて歩いていたのを見たからかもしれない。

同時に私はこれまで両親と主治医の先生に、口を酸っぱくして言われ続けてきた〝約束〟のことを思い出した。

『トロイメライ症候群であることは、絶対に誰にも言ってはいけないよ』

この約束は──そう、きっと。正式な余命告知を受ける前に、十七歳の誕生日を迎えると片方の人格が消えるということを、他者から知らされないようにするためでもあったんだ。

私はとてもめずらしい病気だから、誰かにバレると誘拐されるとか、大変なことになるのかも……なんて、子供じみた理由を想像していた。

「だから……私と小夜子はまだ、スマホも持たせてもらえなかったんだね」

SNSが発達している今では、簡単に事実を調べることができるから。

まわりの友達はみんな持っているから私も買ってほしいとお願いしても、両親は『もう少しだけ待って』と言って、絶対に首を縦に振ってはくれなかった。

「でもまさか、こんなに怖い病気だったなんて……思ってもみなかった」

呟いた私は、膝の上で握りしめた手に力を込めた。

私はおばあちゃんになってもずっと、小夜子と〝ふたりでひとり〟として生きていくんだと思っていたのに。

まさか、片方の人格が消えるなんて。それが私だなんて……。

〝トロイメライ症候群〟が、こんなに怖い病気だったなんて、考えたこともなかった。

「真昼ちゃん。僕ら医師は、きみのために最後まで最善を尽くすと約束する。だからきみはこれまで通りの生活を送っていけばいいんだよ」

先生の言葉は私からすれば、残酷な他人事に思えた。

それでも私を抱きしめるお母さんの腕だけはいつまでも温かくて、瞼を閉じたら自然と目からは涙がこぼれた。


「真昼、おはよう」

それからの私は、しばらくの間、塞ぎ込んだ。

十三歳で余命宣告を受けたのだから、普通の生活が送れなくなって当然だと思う。

毎日欠かさず小夜子とやり取りしていた交換日記も書くのをやめた。

朝起きると交換日記は机の上に置いてあったから、小夜子だけは日記を書き続けているんだろうってことはわかっていたけど、日記を開く気にはなれなかった。

（なんなの？　私への当てつけ？）

　以前までなら朝起きて一番に交換日記を読んでいたのに、私は読まずに机の引き出しに押し込んだ。

　それでもまた目が覚めると必ず机の上に日記帳が置いてあって、私はそのうち交換日記自体に触れることすらやめてしまった。

「真昼？　今日、久しぶりにお母さんと映画でも見に行かない？」

　けれど、引きこもり始めて、三週間が経った頃。

　お母さんからそう提案されて、私はしぶしぶ頷いた。

　元々外向的な性格だったから、家の中にずっと閉じこもっているのも飽き始めていたんだ。

「お母さん、なんの映画を見るの？」

「えーとね。すごく前に見たことのある映画の、スピンオフ作品なんだけどね。お母さん、ずっと見たいと思ってたのよ」

　――スピンオフって、つまり、メインの作品のオマケ的に作られたものってことだよね。

　まるで私みたい……なんて思ってしまうのは、私が変にひねくれているだけなんだろう。

「実はこの映画、小夜子も見たがっていたんだけどね。お母さんは先に真昼と見に行きたかったの」

「え……」

「でも、このことは、小夜子には内緒よ？」

それは、お母さんなりの私への気遣いだったんだと思う。

それまで両親は私と小夜子を比べることも、どちらかを特別扱いすることもなかったから、すごく驚いた。

……同時に、少しだけ優越感も覚えてしまった。

私は、お母さんに……両親に、愛されているって。

お父さんもお母さんも本当は、私に消えてほしくないと思っているんじゃないの？

消えるのは小夜子のほうだったらよかったのにって、本心では思ってくれてるんじゃないのか――なんて、自分勝手な期待をしたんだ。

「ねぇ、お母さん。本当は……」

〝本当は、私よりも小夜子が消えたほうがいいよね？〟

喉の奥まで出かけた言葉を、とっさに呑み込んだ。

言ったあとにお母さんがどんな反応をするのか、見るのが怖くなったんだ。

「うん？　どうしたの、真昼？」

「う、ううん。なんでもないっ」

同時に、このときの私は、自分の醜《みにく》さを思い知って恐ろしくもなった。

私じゃなくて、小夜子が消えればいいのに。

それは、余命宣告を受けてからの三週間、私がずっと心の奥で考えて考えて、叫び続けていたことだった。

どうして、私が消えなきゃいけないの？

私じゃなくて小夜子が消えればいいのに！なんて、私は自分の部屋の中で、何度も何度も思っていた。

「お、お母さん。やっぱり私、家に帰りたい」

「え？」

「なんか、映画を見る気分じゃなくなったの。お願い、今すぐ家に帰らせて！」

自分の中にある醜い感情を自覚したら、今すぐにでもこの場から逃げたくなった。

とてもじゃないけど、今の私には映画を楽しむ余裕はない。

そうして私は戸惑う母と一緒に来た道を引き返すと、再び自室に閉じこもった。

もう、何もかも嫌になって。

最低最悪なことばかり考えてしまう自分が嫌で、怖くなって——今すぐにでも、死んでしまいたいとすら思った。

でも、私が死んだりしたら、無関係の小夜子まで道連れになってしまう。

私達は、ふたりでひとり。自分の身体が自分だけのものではないのだということを、私は改めて自覚した。

自分の身体が思い通りにならないって、本当にもどかしい。

私はまた、自分の中にいる小夜子の存在を疎《うと》ましく思った。

でも、きっと、お父さんもお母さんも、今の私と同じように思っているはず。

大事な娘である私を消す小夜子のことを、鬱陶《うっとう》しいって思っているはずだ。

私はまた、身勝手で醜い考えを正当化しようとしていた。

だけど、そうでもしないと、辛くて、苦しくて、やりきれなかったんだ。

十七歳の誕生日に消える私は、絶対に大人にはなれない。

高校を卒業したら大学に行き、やりたいことを見つけて就職する。

自分のお金で好きなものを買って旅行に行って、友達と夜が明けるまで愚痴ったり、仕事や生活のことについて語り合う。

そのうちに好きな人と付き合って結婚して、可愛い子供にも恵まれて……なんて。

今、想像したことすべて、私には絶対にできないことばかりなんだ。

私には、何ひとつ叶えられない未来《こと》ばかりだった。

「なんで……っ。なんで私なのっ」

吐き出した想いも苦しみも、誰にも届かない。理解なんてしてもらえない。

そう思うと、また、たまらなく苦しくなって、私は世界で一番可哀そうな子なんだと、悲劇のヒロインになっていた。

感情的になって、私は部屋の中のものをぐちゃぐちゃにしたくなった。

けれど、ふと、机の上に置かれた交換日記が目に飛び込んできて、私はピタリと動きを止めた。

もう、一週間以上置きっぱなしの交換日記。

腹が立った私はそれを捨ててやろうと思って乱暴に引っ掴んだ。

ムカつく、ムカつく、ムカつく！　こんなもの！

そうして私は心の中で罵詈雑言《ばりぞうごん》を唱えながら、交換日記を部屋のゴミ箱に力任せに投げ込んだ——の、だけれど。

交換日記はゴミ箱のフチに当たって、床の上に開かれた状態で落ちてしまった。

「……最悪」

本当なら拾いたくもないけれど、足元に落ちていたらどうしても視界に入ってきて不愉快な気持ちになる。

仕方なくかがんだ私は、自分が投げ捨てた交換日記を拾い上げた。

すると偶然、そこに書かれた文字が目に飛び込んできて、私は驚いて固まった。

（これ……小夜子の字だ）

別に、読みたくなんてなかった。だけど、そこに書かれている文字を見た瞬間——

私は、床にペタンとお尻をついていた。

開かれた、私達の交換日記。もう三週間、放置していたそれには、小夜子のきれいな字でビッシリと、私へのメッセージが綴られていた。

【今日、主治医の先生と両親から、告知を受けました。まさかこんなことになるとは思わなくて、私は真昼になんて言葉をかけたらいいかわかりません】

それは十三歳の誕生日、私が余命宣告を受けたのと同じ日に書かれた小夜子の日記だった。

【トロイメライ症候群のこと、内緒にしなきゃいけないって言われていたのは、こういうことだったんだね。きっと、十三歳の誕生日を迎える前に、先生と両親以外から、いずれ片方の人格が消えることを知らされるのを防ぐためだったんだね】

【でも、私は真昼が消えるなんて信じない。信じたくない。だって私は真昼のことが大好きだから。真昼は私の、たったひとりの大切な友達だから】

「私が、たったひとりの友達って……」

このとき、日記を読みながら呟いた私は、それまで思い至らなかった、〝あること〟に気がついた。

小夜子は夕方の六時から、朝の六時まで起きている夜の人格だ。国が用意した家庭教師的な人がついているけれど、学校には一度も行ったことがない。

修学旅行や、部活関連の泊まりがけの行事なども、私達は〝家族以外にトロイメライ症候群であることを知られてはいけない〟という理由から、参加させてもらえなかった。

だから小夜子は本当に、学校関連のことに一度も参加したことがないのだ。

それまで私は昼間自分が起きているのは当たり前で、学校に行けるのも当たり前、学校で授業を受けて給食を食べ、友達と遊んで楽しく過ごすのは普通のことだと思っていた。

でも、小夜子は一度もその当たり前を経験したことがない。

だから小夜子にとって、自分の夢を話せる相手も、こうして交換日記のやり取りをできる〝同い年の女の子〟は自分だけだったんだということを、このとき私は初めて気がついた。

私は、友達と修学旅行に参加できないことをすごく不満に思って、両親にも文句を言ったくらいなのに――。

小夜子はこれまで、そういう私が日記に書いた学校でのことを読むたびに、どんな気持ちになっていたんだろう。

友達と遊んだこと、夏休みにみんなでプールに行ったこと、仲良しの友達と喧嘩《けんか》しちゃったっていう愚痴も……小夜子は、一体どういう気持ちで読んでいた？

【真昼からの返事がなくて、すごく心配。私、真昼が書いてくれる日記を読むのが、毎日すごく楽しみだったの】

【でも真昼の立場であれば、私と交換日記なんてもうやりたくないって思って当然だよね。真昼はきっと、なんで消えるのが自分なんだろう。私が消えればいいのにって思ってるよね。でも、そう思うのが普通だよ。真昼は間違ってない】

もしも私が小夜子の立場だったら私のことを羨ましいと思って、今、私が小夜子に対して腹が立っているみたいな黒い感情を抱いていたかもしれない。

――なんで、私だけがこんな思いをしなきゃいけないの？　私だって友達と遊びたい、学校に通いたいって、私に対して醜い感情を抱いていただろう。

【私だって、なんで残るのが真昼じゃなくて私なんだろうって思ってるもん。真昼、本当に本当にごめんね。消えるのが私じゃなくて、本当にごめんなさい】

だけど小夜子はこれまで一度だって、私にそういう感情をぶつけたりしてこなかった。

現に今だって、私が小夜子を恨んで沈黙していた三週間の間に書かれた日記には、何度も何度も私に対する謝罪の言葉が綴られていた。

それだけじゃない。私達の身体に残るのは自分ではなく私……真昼であるべきだと、力強い筆跡で記されていたのだ。

「……バッカじゃないの」

それらを書いている小夜子の姿を想像したら、自然と涙が頬を伝ってこぼれ落ちた。

冗談なんかじゃない。嘘なんかじゃない。

小夜子は真剣に、〝自分が消える〟と日記に綴り続けていたんだ。

【私は神様なんて信じていないけど、もしいるのなら、私は何度だってお願いする】

【神様、真昼を消さないで。代わりに私がこの世界から消えるから、真昼の大切な未来を奪わないで】

何度も、何度も。

小夜子は自分が私の代わりに消えたいと、交換日記に綴っていた。

消える──死ぬって、すごく怖いことなのに。

それなのに小夜子は私がいなくなるくらいなら、自分がいなくなったほうがいいと叫んでいた。

「ほんと……意味わかんない」

どれだけ、お人好しなんだろう。

書かれた文字から、真剣さと切実さが伝わってきて、涙が溢れて止まらなかった。

私は、小夜子が生真面目な良い子だってこと、知ってるよ。

小夜子がとても優しい子だって、知ってるんだよ。

それなのに、私は――。余命宣告をされてから一度だって、〝小夜子のためなら消えてもいい〟なんて思わなかった。

なんで私が。どうして私だけが……って。

自分のことばっかりで、これまで小夜子がどんな想いでいたのかにも気付かず、自分のことばかり考えていた。

それだけじゃない。あとに残される小夜子がどんな苦労をするかとか、自分だけが残ることに悩むだろうとか、そんなことも想像できなかった。

あまつさえ、両親は本当は私じゃなくて、小夜子に消えてほしいと思っているはずだなんて……最低最悪なことまで考えた。

【大好きな真昼がいなくなるなんて、私には耐えられない】

――バカ小夜子。

そんなこと言われたら、私はもう、小夜子のことを恨めなくなっちゃうじゃない。

私はしばらくの間、交換日記を抱きしめて泣いた。

そしてひとしきり泣いたあとで立ち上がると、久しぶりにペンを手に取り机に向かい、広げたページに三週間ぶりの日記を書いた。

小夜子へ。しばらく日記が書けなくてごめんね。私も先生から十七歳の誕生日に自分が消えるってことを聞いて、すごくショックだったんだ。

でも、小夜子が書いてくれた日記を読んで、消えるのが私でよかったって思っちゃった。

小夜子は私じゃなくて自分が消えるべきだって思ってるみたいだけど、そんなの私が許さないから。

だって小夜子には学芸員になるっていう、大切な夢があるでしょう?

だったら私のことなんて気にしないで、自分の夢を叶えてよ。

小夜子が私のことを大切って言ってくれたみたいに、私も小夜子のことを大切に思ってるんだからね。


「私の気持ち……伝わると、いいな」

書き終えてペンを置いた私は、日記を閉じると自分の胸に手を当てた。

目を閉じるとまた涙が一筋、頬を伝ってこぼれ落ちたけれど、心は凪いだ海のように穏やかだった。

――ねぇ、小夜子。

私達は生まれたときからずっと、ふたりでひとつだった。

ひとつの身体をふたりで共有しながら、生きてきたんだ。

だから今、私が小夜子を応援しないでどうするの。

小夜子が笑顔でいられるためなら、なんだってしてみせる。

それが私の——天辰真昼が消えるまでの時間を、生きる理由だ。

私は小夜子に夢を叶えてほしい。小夜子が夢を叶えることが、今の私の夢だから。

「私にできることは、主役《さよこ》を支える最高の脇役になることだよね」


それから私はその日を境に元の生活に戻り、自分が消えるまでの間に、小夜子にできることを模索し始めた。

ずっと続けていた交換日記も、その日に起きた出来事ばかり書くのをやめて、学校生活とはどういうものかとか、友達関係を築く上での注意点だとか、日々の生活の中で役立つ情報を中心に書き留めるようになった。

すべては、私がいなくなったあと、小夜子が困らないように。小夜子はどんなことに戸惑うだろう。どんなことに不安になって、どういう壁にぶつかるだろう。

そんなことをひとつひとつ丁寧に想像しながら、私は日記を通して小夜子に自分なりの知識と情報を伝え続けた。

でも……そうしていくうちに、小夜子との交換日記は〝本音〟を綴れない場所になってしまった。

だから私は小夜子との交換日記とは別に、自分のためだけの秘密の日記を書くようになったんだ。

「ああ……私の高校生活も、この一学期で終わりかぁ」

そうして迎えた、高校二年の四月のある日。

担任の先生から図書室に本を届けるように頼まれた私は、図書室の窓際の席から、ひとり、校庭を眺めていた。

開いた窓からは、心地の良い春風が流れ込んでくる。

春は大好きだけれど、私が桜の花が満開に咲くこの季節を迎えられるのは、これが最後なんだと思うとたまらなく虚しくなって、目の前の窓を無造作に閉めた。

「こんなのもう、とっくに覚悟してたはずなのにね」

思わず自嘲の笑みまでこぼれてしまう。図書室の扉の向こうからは賑やかな生徒達の声が聞こえてくるのに、心は深い海に沈んだみたいに暗かった。

この学校にいる生徒は誰も、私があと数ヶ月でこの世界からいなくなることを知らない。

いつも一緒に行動している友達は何人かいるけれど、私は彼女達にすらトロイメライ症候群のことも、自分が抱えている想いも打ち明けていなかった。

だって、打ち明けたところで、私の気持ちなんてわかってもらえないだろうから、虚しいだけ。

みんな、話を聞いたときには驚いて、悲しんでくれるかもしれないけれど、しばらくしたら私のことなんて忘れて、これまで通りの日常生活を送り始める。

私と入れ替わりで小夜子が現れたら——なおさら、私のことは頭の片隅に追いやられて、思い出すこともなくなるはずだ。

でも、そうなるように仕向けたのは私自身でもあった。

人付き合いは、広く、浅く。私という存在はそこまで深く印象に残らないように。

でも、悪い印象も与えないように気をつけることで、私が消えて小夜子が現れたときに、小夜子という存在が周囲に受け入れられ易くなるようにしたかった。

「全部、私が望んでそうしたはずなのにね……」

それでも、どうしてもふとしたときに考えずにはいられない。

誰とも共有できない孤独感に、押しつぶされそうになるんだ。

いつか自分は忘れられて、誰にも思い出してもらえなくなるかもしれない。

だったら私はどうして、この世界に生まれたんだろう……って。

〝私は、なんのために生まれてきたの？〟

そう思うたびに、脇役でいることが苦しくなって、いっそのこと、すべてを投げ出したらどんなに楽になれるだろうなんてことまで考えてしまった。

「あ……」

そのときだ。ふと、図書室の隅の席に目を向けた私は、そこに見覚えのある男の子が座っていることに気がついた。

彼は──同じクラスの、佐野日也くんだ。

どこか陰のある彼の存在は以前からなんとなく気になっていて、私は何かに引き寄せられるように彼のそばまで歩を進めた。

だけど肝心の日也くんは読んでいる本に夢中になっているのか、私がそばまで来ていることにはまるで気がついていないみたいだった。

ううん、気がついていないというよりも、普段の彼の様子から察するに、周囲にまるで興味がないだけなのかもしれない。

彼がいつもまとっているのは、〝孤独〟。

私はそのとき、自分と彼は似ているのかもしれないなんて、とても失礼なことを思ってしまった。

でも──そんなことを考えていた私は、次の瞬間、彼が読んでいる本の表紙を見て目を見張った。

日也くんが読んでいたのは数年前、余命宣告を受けて引きこもっていた私を、母が外に連れ出すために誘った映画のノベライズ本だったのだ。

「佐野……日也くん、だよね？」

「え……？」

思い切って声をかけると、光のない目がゆっくりとこちらを向いた。

一瞬、ドキリとしたのは、日也くんの虚ろな目と、ひとりのときに鏡で見る自分の目が重なって見えたから。

「ねぇ。今、きみが読んでる本って、何年か前に映画化された作品のノベライズだよね？」


——日也くんは、きっと、覚えていないんだろうな。

そのとき、きみが私に何気なく言った言葉が、私を救ったんだってこと。

きみが私にくれた言葉が、脇役として生き抜く覚悟を決めた私に、大きな希望をくれたんだってこと。

きっときみは、知らないんだろう。

七月三十一日（日曜日）

「──んっ」

午前六時。陽光が校庭を照らし始めた頃、僕の肩にもたれながら、真昼が静かに目を覚ました。

「おはよう、真昼」

「え……？　な、なんで私……日也くんと一緒にいるの？」

僕がいることに気付いた真昼は、あわてて僕から距離を取った。

驚くのも当然だ。朝、目が覚めて身に覚えのないことが起きていたら、誰だって何事だと思って焦るだろう。

「も、もしかして私、まだ夢を見てるとか……？」

「残念ながら、夢じゃないよ」

「え？」

「僕、さっきまで小夜子さんと一緒にいたんだよ」

「小夜子と、一緒に……？」

「そう。昨日の夜、偶然、映画館を出たところで小夜子さんと会ってさ……。それで、ついさっきまで小夜子さんと真昼のことを話してた」

僕が事情を説明すると、真昼はバツが悪そうに顔をしかめたあと、自分の肩にかけられている毛布を確認した。

「この毛布……」

「ここに来る前に真昼と小夜子さんの家に寄ったんだ。そしたらご両親が、夜は冷えるからって言って、僕達に毛布を持たせてくれてさ」

——小夜子さんから真昼の事情を聞かされた僕は、小夜子さんが教えてくれた【真昼の日記】を、ふたりの家に取りに行った。

深夜に突然娘と一緒に家にやってきた僕に、ふたりのご両親はとても驚いていた。

それでもここまでの経緯を説明したら、快く小夜子さんと僕を送り出してくれて、真昼との最後の一日を過ごすことまで許してくれた。

「真昼のご両親、すごく優しい人達だね。こんな僕に、大切な娘の最後の一日を譲ってくれるなんて……」

『きっと真昼もそれを望んでいるはずだから。私達はあの子に何もしてあげられなかったけれど、最後くらいあの子の好きなようにさせてあげたいの』

そう言ったご両親は、微笑みながら泣いていた。

膝を抱え込んだ僕のそばには、そんなご両親が用意してくれた僕の分の毛布が、すでに畳み終えて置いてある。

「……日也くんは、小夜子から何を聞いたの？」

「多分、真昼が僕に隠していたこと全部。だから小夜子さんは、真昼にごめんって謝っておいてほしいって言ってたよ」

僕の言葉を聞いた真昼は、抱えた膝に自身の口元を埋めた。

とても、不思議だと思った。

本当に真昼が目を覚ます直前まで、僕は小夜子さんと話をしていたんだ。

『そろそろ真昼が目を覚ます時間です』

けれど、午前五時五十九分。

そう言った小夜子さんが目を閉じてから一分後、再び瞼を持ち上げたときには本当に真昼が目を覚ました。

「……というか、すごく不思議なんだけど」

「え?」

「ここって、学校の屋上じゃない? なんで私達は今、こんなところにいるのかな?」

その口ぶりは僕がよく知る真昼で、なんだかすごく、泣きたくなった。

「朝起きたら学校の屋上にいるって、全然意味がわからないよ」

そう言うと真昼は改めて、あたりをぐるりと見回した。

その真昼の指摘通り。僕らが今いるのは、学校の屋上だった。

「僕が真昼との最後の朝は、ここで迎えたいって言ったら、小夜子さんが了承してくれたんだ」

とはいえ、まさか本当に入れるとは思わなかったけれど。

深夜0時過ぎ、ダメ元で学校に来た僕らは、鍵の開いている扉を探した。

だけどそう都合よく鍵が開いている扉なんて見つかるわけもなく、諦めかけた。

でも校舎を見上げながら、僕はあることを思い出したんだ。

毎週、月曜日。金魚に餌をやるために通いつめていた校舎一階にある生物室のこと。

「余命日記を見つけた日にさ。僕は、生物室の窓を閉めたんだ。でも、鍵はかけていなかったことを思い出して、もしかしたらそこが開いてるんじゃないかと思って行ってみたら、ビンゴだった」

そうして僕らはその窓から校舎に入ると、消火器ボックスの下に隠されていた鍵を使って屋上に来た。

「それって、普通に不法侵入だよね？」

「うん。だから、捕まったらヤバイって小夜子さんとも話してたよ」

きっと、僕を知る人なら誰もが『まさか、あいつが？』と口を揃えるだろう。

女子とふたりで深夜の学校に侵入して、一夜を明かすなんて……クラスのやつらが聞いたら、信じられないって騒ぐんだろうな。

その光景を想像したら、少し笑えた。

だけど僕はどうしても、もう一度だけ、真昼とこの場所で話をしたかったんだ。

ここに来れば今度こそ真昼の口から直接、真昼が抱えている想いを聞かせてもらえるんじゃないかと思った。

「あと、もうひとつ。僕から真昼に謝らなきゃいけないことがあるんだ」

「謝らなきゃいけないこと？」

「この日記。真昼が部屋に隠していた真昼の日記、勝手に読ませてもらった。本当にごめん」

そう言うと僕は、リュックの中にしまってあった〝二冊の日記〟を取り出した。

ひとつは、僕が家に保管していた余命日記。

そしてもうひとつは、小夜子さんが家から取って来てくれた、真昼が内緒で書いていた、真昼だけの日記だ。

『もし今、きみがこのまま帰ったら……。きみが他人の日記をこっそり読んでたって、クラスで言いふらしちゃおうかな』

それは余命日記を見つけた日に真昼に言われた言葉だ。

あのときは無実の罪を着せられかけたのに、結局それも、真昼の予言の通りになった。

「余命日記といい、真昼の言うことって本当に当たるんだな」

言葉にすると、少し笑えた。

「こっちの余命日記は、ふたりの家に寄ったあとに僕の家にも行って、僕の部屋から取ってきたんだ」

僕はどうしてここに二冊の日記があるかについて説明したけれど、真昼が見ているのは余命日記ではなく真昼の日記のほうだった。

「な、なんで、それのこと……」

真昼が驚くのも無理はない。

「小夜子さんが、隠されていたのを偶然見つけたんだって言ってたよ」

小夜子さん曰く、真昼の日記はふたりの部屋にあるベッドのマットレスと木枠の間に、隠されていたらしい。

小夜子さんは一週間前にそれを偶然見つけてしまい、いけないと思いながらも読んでしまったということだった。

「最低……」

真昼の言うことはもっともだ。

それでも小夜子さんは嫌われてもいいから、どうしても〝真昼の本音〟を知りたかったんだと僕に語った。

「小夜子さんは、真昼は自分が消えることに納得しているなんて、どうしても思えなかったって言ってたよ」

『真昼は、私の夢を応援したい。私が夢を叶えることが自分の夢だから、私のことはもう気にしないでって言ったんです』

だけど小夜子さんは、その言葉は真昼の強がりで出た言葉なのではないかと危惧していた。

『真昼は優しいから、残る私が罪悪感を持たないように、〝消える覚悟はしている〟っていう嘘をついているんじゃないかと思うんです』

そして結果として真昼の日記を発見し、読んだことで小夜子さんの想像は当たっていたことがわかった。

——真昼が部屋に隠していた真昼だけの日記には、真昼の本音と想い。

そして僕らがふたりで検証した、【余命日記の真実】が綴られていた。

「美術部が廃部になりそうなことを偶然立ち聞きして知って、小夜子のために阻止しなきゃと思った。ホラーが苦手な小夜子のために幽霊の噂を無くしたかった。猫好きな小夜子のために猫を飼おうと思った。小夜子が学校生活で疲れたときに息抜きができるように、屋上の鍵を使ってほしい——」

真昼が密かに綴り続けてきた日記。

それを読んだ僕はようやく、真昼がなんのために【余命日記】を書いたのか、知ることができたんだ。

「真昼はこれに書いてある通り、真昼が消えたあと、小夜子さんが無理なく学校生活を送っていけるように環境を整えてあげたいと思ってたんだな」

『私はこれまで、ほとんどの時間をひとりで過ごしてきました。学校生活を送ったことがないから不安で……真昼はそういう私のことを想って、私のために色々してくれていたんですよね』

余命日記のことや、それについての検証を真昼とふたりでしてきたことを話したら、小夜子さんは疑問に思っていたことすべてが腑に落ちたという顔をした。

「人の日記、勝手に読んで本当にごめん」

「……ほんとだよ。もう絶対に、クラスのみんなに言いふらしてやるんだから」

そう言うと真昼は肩にかけていた毛布をおろし、僕を見て小さく笑った。

学校のみんなに言いふらしてやる、なんて。それができないことは真昼自身が一番よくわかっているんだろう。

まだ白い太陽の光が彼女を優しく包み込み、まるで真昼自身が輝いているように見えた。

思わず目を奪われていたら、真昼がひとつに結われていた髪をほどきながら、ゆっくりと立ち上がった。

「これで、余命日記に関してきみが疑問に思ったことは全部解決できたかな？」

「いや……僕はこれを読んで、もうひとつ疑問に思ったことがあったよ」

真昼を追うように、僕も立ち上がった。

そうすれば真昼は太陽を背にして、僕のほうへと振り向いた。

「真昼は、僕と初めて話した日のことを、この日記に書いたよね」

「……うん」

「真昼が図書室で、僕に話しかけてくれたことは僕も覚えてるんだ。でも僕はバカだから、話した内容までは覚えてなくて……」

真昼が綴った四月の某日の日記には、【今日、日也くんと図書室で、初めて話をした】と、書かれていた。

「真昼はその日の日記に、〝私は、日也くんの言葉に救われた〟とも書いてる」

「うん……」

「でも僕は、まるで覚えがない上に、僕の言葉が真昼を救ったってこと自体、信じられなくて……さ」

そこまで言うと僕は改めて、手元へと視線を落とした。

今、僕の手の中にあるのは、二冊の日記帳だ。

これはふたつ揃って初めて意味がわかるものだった。

〝ふたつでひとつ〟のもの。

それはまるで、真昼と小夜子さんを表しているようにも思えた。

「余命日記のことだって、結局、真昼に種明かしをしてもらうまで気付けなかったし……」

「……日也くんって、小夜子と同じでバカだよね」

「え？」

「だって、自分がどれだけ希望に満ちた存在かってことに、全然気付いてないんだもん。本当に……ふたりはバカだよ」

驚いて顔を上げれば、僕を真っすぐに見つめる真昼と目が合った。

眼差しの強さに気圧《けお》されて、思わずゴクリと息をのむ。

「あの日、私は本当に日也くんの言葉に救われたの。日也くんが何気なく言った言葉で、私は消えるまでの残りの時間、胸を張って生きようって思えたんだよ」

朝焼けの空を背景に立つ真昼の目から、透明な涙がこぼれ落ちた。

きれいだなんて言葉では表せないくらいの光景に、僕はひたすら目を奪われた。

「ぼ、僕は真昼に、なんて言ったんだ？」

「ふふっ。そんなに気になるなら教えてあげる。きみはあの日、図書室で、私にこう言ってくれたの――」

『佐野……日也くん、だよね？』

『え……？』

『ねぇ。今、きみが読んでる本って、何年か前に映画化された作品のノベライズだよね？』

『そ、そうだけど……』

『でもその映画、人気作のスピンオフだった割に、全然人気が出なかったやつでしょ？　そういう映画のノベライズでも、読んだら意外に面白かったりするの？』

『あ、天辰さんが何を基準に、面白いかどうかを判断するのか僕にはわからないけど……。スピンオフ作品のほうが、強く心に残ることもあるから』

『え……』

『だって、映画の中の主人公も、脇役がいなきゃ輝けないのと同じでさ。僕は大多数が認めるものよりも、このスピンオフみたいな……脇役でも主役になれるんだって思えるような、希望にあふれたもののほうが好きだよ』

「自分が、大した意味を持たずに口にした言葉が、今、苦しんでいる誰かの心を救うこともあるんだよ」

次々とこぼれ落ちる涙が、真昼の白い頬を濡らしていく。

「きみが何気なく言った言葉が、私を救った。脇役として生まれてきた、こんな私でも――。誰かの心に強く残ることができるのかもしれないって、希望が持てたの」

そう言った真昼は、泣きながら笑った。

その姿は僕がこれまで見てきた映画のどのヒロインよりも輝いて見えて、眩しかった。

「日也くんは私に、希望をくれた。だから私は、最後くらい自分がしたいようにしようって、思うことができたんだよ」

言いながら真昼は、僕が持っている余命日記を指さした。

「私は日也くんが毎週月曜日の放課後に生物室に行っているのを知って、余命日記を棚に仕込んだ。小動さんが描いた絵を、日也くんにも見てほしかった。音楽室の黒猫ちゃんは、もしかしたら日也くんを癒してくれるんじゃないかと思ったし、屋上の鍵の存在は……小夜子だけじゃなくて、日也くんにも知ってほしかった」

それは、どの日記にも綴られていなかった、僕に対する真昼の想いだ。

「日也くんを見てると、まるで私を見ているみたいで苦しかった。小夜子の代わりに消えちゃう私。籠原くんの影に隠れて、今にも消えちゃいそうな日也くん。私達って似てるんだって思ったら……私はきみを赤の他人だなんて思えなくて、きみにも笑っていてほしくなったの」

真昼のその願いとは裏腹に、気がつけば僕もいつの間にか、泣いていた。

頬を伝う涙は足元に落ち、コンクリートに小さなシミをいくつも作った。

だけど僕は今、悲しくて泣いているわけじゃない。かといって、嬉しくて泣いているわけでもなかった。

今、頬を伝って流れ落ちる涙はまるで、これまで僕が溜めに溜めた苦しみをすべて、洗い流してくれているようだった。

心に溜まっていた、行き場のない想いや感情。しがらみや、諦め。僕をがんじがらめにしていた過去の鎖を、ゆっくりとほどいてくれた。

「ま、真昼。あのさ」

「どうしたの?」

「今のきみを、撮ってもいいかな?」

手の甲で涙を拭った僕は二冊の日記を足元に置くと、ポケットからスマホを取り出した。

僕とスマホを交互に見た真昼は、指先で涙を拭いながら小さく微笑む。

「ふふっ。何それ。もう余命日記の検証は終わったはずじゃない?」

「まだ……まだだよ。僕も真昼に、話していないことがあるから」

「え……」

その、瞬間。ずっと、ずっと前にかけたはずの心の鍵が、カチリと開く音が聞こえた気がした。

暗闇に捕らわれていた未来に、一筋の希望の光がさしてくる。

その光の先を辿ればまだ小さな僕が立っていて、その手には初めて父に連れられて行った映画館で見た映画のパンフレットが握られていた。

「僕――子供の頃から、映画を見るのが好きだった。それでいつか自分でも、映画を撮ってみたいって思ってた」

幼い頃に抱いた夢。だけどその夢を叶えることは、簡単ではなかった。

「そのうち僕は、動画を撮ることに夢中になった。でも、ずっと前にそれを否定されたことがあって、僕は周りの目を気にして自分の夢を手放したんだ」

現実を見ろ。人と何か違うことをすれば、からかわれたり、笑われたり、ときには孤独になるってことを思い知った。

「でも……僕は真昼と出会って、やっぱり自分は動画を撮るのが好きなんだってことを思い出した。僕は諦めたふりをしていただけで、本当は少しも夢を諦められずにいたんだってことに、気がついたんだ」

何度も、何度も。僕は真昼を撮りたいと思った。

真昼だけじゃない。その周りにある景色も、些細《ささい》な一瞬も。大切に、丁寧に撮りたいと思ったんだ。

僕はこれまで、そういう自分の想いにフタをし続けてきた。

だけど真昼との出会いが、真昼と過ごした日々が、僕に〝撮る〟楽しさを思い出させてくれたんだ。

「真昼が、前に小動さんに言っただろ。別に笑われてもいい。批判されてもいい。そんなの全部、言いたいやつには勝手に言わせておけばいいって」

『あなたには、あなたにしか生み出せない作品《もの》があるんだもん』

だからもう、誰に笑われてもいいじゃないか。恥ずかしいやつ、痛いやつだって言われても、言いたいやつには言わせておけばいい。

「僕は、いつか映画監督になるよ！　それで、いつか——真昼をモデルにした映画を作りたい！　真昼が生きた証を映画にするよ！　真昼を主役にした映画を、僕が撮るんだ！」

あまりにも壮大で、バカげた夢だ。それでも僕は今度こそ逃げずに向き合って、掲げた夢を叶えるために全力で走りたい。

「なに、それ……。私を主役にって……。ほんと……きみって、バカだなぁ」

「そうだよ、僕はバカだよ！　でも、バカにならないと叶えられないことだってあるだろう⁉」

力いっぱい叫んだら、息が切れた。

でも、僕は何度だって叫ぶんだ。この想いが真昼の心に届くまで、何度でも叫んでやる。

「真昼は前にこの屋上で、誰かの宝物になりたいって言ってたけどさ。本当に、僕の宝物になったんだよ！」

次々と頬を伝ってこぼれる涙を、拭う時間すら惜しかった。

「だから……っ。だから……」

苦しい。気を抜いたら、またすぐに現実を突きつけられて、心の弱さに負けてしまいそうになる。

僕らが生きている世界は、他者への理解という名の酸素が足りない。

自分をわかってくれる人と巡り会えることは奇跡に近いし、圧倒的に〝現実を見ろ〟という声のほうが大きいから。

「だから……真昼。いなくならないでよ。僕がまた自分の夢から逃げ出さないように、ずっとそばで見張っていてよ……」

スマホのカメラを構えても、今、目の前にいる真昼を撮ることができない。

涙のせいで、真昼の姿が見えないんだ。

けれどそのとき、情けない僕を見た真昼が、小さく笑った気配がした。

ゆっくりと顔を上げれば、スマホを持つ僕の手を、真昼の温かい手が優しく包み込んでいた。

「日也くん……ありがとう。やっぱりきみは、私のたったひとりのヒーローだね」

「僕が……真昼の、ヒーロー？」

「そうだよ。図書室で私の心を救ってくれただけじゃなくて、きみは最後に、私の願いも叶えてくれたんだもん」

そこまで言うと、真昼は涙で濡れたまつ毛を伏せて、自分が両手で包み込んだ僕の手を自身の口元まで連れて行った。

「きみは、私を宝物だって言ってくれた。私はね……私が消えても、誰かに私のことをずっと覚えていてほしいって思ってたの」

また、真昼の頬を涙が伝う。

けれどそれは悲しみに濡れた涙ではなく、美しい喜びに彩られた涙だった。

「今から話すことは、私ときみだけの秘密だよ。余命日記を書いた本当の理由──。実は小夜子のためでも日也くんのためでもなくて、私自身のためだったの」

「真昼、自身のため？」

「そう。……ねぇ、日也くん。余命日記なんて奇想天外なものを信じて、一緒に実行した相手のことは、きっと忘れようと思っても、一生忘れられないでしょう？」

美しい朝焼けの空。

遠くを眺めるビー玉のように透き通った瞳。

涙を隠した、眩しい笑顔。

真昼が今、言った通りだ。

僕は今、見えている景色のすべてを、永遠に忘れることはないだろう。

「私は最後の一秒まで、きみに〝さよなら〟なんて言わないよ。だって、きみは一生、私のことを忘れられないだろうからね」

真昼らしい言葉だと思った。

身勝手で、腹が立つくらい憎めない彼女が、精いっぱい生きた証が、僕らを繋いだあの、〝余命日記〟だったんだ。

「私の作戦は、大成功だね」

「ほんと……ふざけてるよ」

本当に。結局すべてが真昼の思惑通りになった。

だけど、もう、それでいい。

きっと、最初から僕は真昼に惹かれて、振り回される運命だったんだ。

「ありがとう。きみのおかげで私は最後に、自分の願いを叶えられたよ」

そう言った真昼は、これまで見た何よりも、きれいだった。

「僕が真昼のこと、ずっとずっと覚えてるから。一生……忘れないから」

「……うん。私も、日也くんの夢が叶うように、ずっとずっと応援してる」

真昼が、僕の夢の行方を見届けられることはないだろう。

それでも僕らは、僕の夢が叶うそのときに、もう一度だけ会えるはずだと信じたかった。

スマホの小さな画面じゃない。大きなスクリーンに、僕が見てきた真昼の姿を映してみせる。

「すごく……楽しみだなぁ」

ふたりきりの屋上で、僕らは並んで空を見上げた。

この空のように、どこまでも、いつまでも今の時間が続くようにと願いながら。

──そうして、七月三十一日、午後六時、一分前。

「またね」

天辰真昼は静かに笑って目を閉じると……この世界から、消えてしまった。

九月一日（木曜日）

「……和真、おはよう」

九月に入ってもまだ、夏のうだるような暑さは消えない。

夏休みが明けた初日。僕はマンションのエントランスで和真のことを待ち伏せると、声をかけた。

僕を見た和真は驚いていたけれど、すぐにそばまで駆け寄ってきて、気まずそうに口を開いた。

「お、おはよう。あの、日也、俺……」

「実は今日は、和真に言いたいことがあって待ってたんだ」

「え？」

「今度、市町村が主催する展覧会に、うちの学校の美術部の子の作品が出されるんだけどさ。僕と一緒に見に行かない？」

そう言うと僕は、持っていたパンフレットを和真の前に差し出した。

和真は戸惑いながらも、それを受け取り、僕の顔をまじまじと見つめた。

こうして面と向かって話すのは、教室で衝突して以来だ。

それなのに何事もなかったかのように、突拍子もない提案をしてきた僕を、和真はとても不思議に思っているんだろう。

「に、日也って、映画だけじゃなくて絵とかにも興味あるんだっけ？」

「別に……そういうわけじゃないけどさ。どうしても、和真とふたりで見たい絵があるんだ」

　小動さんが描いた、二匹の金魚の絵。

〝ワタシとアナタ〟というタイトルがつけられたあの絵を、僕は和真とふたりで見に行きたいと思っていた。

「それで、その絵を見ながら、和真に伝えたいことがある」

　僕らの、これまでのこと。これからのことを、和真と腹を割って話したかった。

「じゃあ、僕の話はそれだけだから――」

　だけど、用件だけ告げて去ろうとした僕のことを、

「に、日也、待って！」

　和真があわてて引き止めた。

　振り返ると、和真の真っすぐな目が僕を見ていた。

　つい一ヶ月半前までは、僕は和真のこの目が苦手で、真っすぐに見つめ返すことができなかった。

「俺さ、その……。これからはなるべく、教室では日也に話しかけないようにするからさ」

　それは、和真なりに夏休み中、考えに考え抜いて出した答えなんだろう。

そう言った和真の表情は苦しそうで、僕の胸まで苦しくなった。

「俺が変に構うせいで、これまで日也には嫌な思いをさせてたんだよな?」

「……うん。まぁ、そうだね。でもそれは、お互い様だと思うから」

「お互い様?」

和真が、不思議そうに首を傾げる。

僕は小さく笑うともう一度、和真と真っすぐに向き合った。

「その話はまた、展覧会に出かけたときに話すよ。それと和真に——もうひとつだけ、伝えておきたいことがあるんだ」

そこまで言うと僕はスマホを取り出し、あるアプリを開いて和真に見せた。

「それって——」

「ずっと前に鍵をつけて非公開にした、僕のSNSのアカウント。また公開して、動画をアップすることにしたんだ」

もちろん、前と同じようにどこの誰でも、好きなときに好きなだけ見られる状態にして。

そんなことをすればまた、僕がアップした動画を見て笑うやつがいるかもしれない。からかってくるやつも、『現実を見ろ』と、否定するやつもいるだろう。

だけど、もうそういう声に、惑わされたりしないと決めた。

「僕、バカになるって決めたから」

「バカになる？」

「そう。僕は僕なりに、頑張ってみるってこと」

力強く告げれば、九月の風が僕の背中を優しく押した。

「とりあえず、話はそれだけ。それじゃあ、また——」

でも、そう言って僕が踵を返した瞬間、

「——絶対。絶対に見るよ！　俺はこれからもずっと、日也のことを応援してる！」

いつだって僕を想ってくれている、大切な幼馴染の声があたりに響いた。

「和真、ありがとう」

僕と友達でいてくれて。僕と出会ってくれて、本当にありがとう。

もう、お互いを無理に追いかけて、意識することはしないだろう。

それでも僕らは間違いなく、これからもどこかで繋がっていられるはずだ。

＊　＊　＊

「えー、今日はみんなに、大切なお知らせがあります」

九月一日、高校二年の二学期初日。僕らのクラスに転校生がやってきた。

転校生という言い方が正しいのかはわからないけれど、彼女は一学期までいたもうひとりの彼女とは別人だから、転校生と言っても間違いではないだろう。

「天辰小夜子といいます。みなさん、これからどうぞよろしくお願いします」

緊張を滲ませた声で、小夜子さんが教壇に立ち、挨拶をした。

僕らのよく知る真昼と同じ容姿と、同じ声で。

真昼と普段一緒にいた女子達は悲しそうとも嬉しそうとも取れる表情をしていたけれど、新生活に戸惑う小夜子さんを優しく受け入れたようだった。

（ああ、そうか）

真昼のことだ。彼女達にも何かしらの奇跡を残したに違いない。

あとから聞いた話では、日付指定の手紙が彼女達の元に届いて、そこには【小夜子のことをよろしくね】と書かれていたということだった。

「それじゃあ、朝のホームルームは以上で――」

「――先生、少し相談があるんですけど、いいですか？」

真昼と小夜子さんに関する説明を終え、ホームルームを締めようとしていた先生を前に、僕はそっと手をあげた。

「どうした、佐野。何かあったのか？」

クラスメイト全員の視線が僕に集中する。

僕は一度だけ小さく息を吐くと、椅子を鳴らして静かに立ち上がった。

「教室のエアコンなんですけど、どうにか羽根の向きを調整できませんか？」

「エアコン？」

「はい。今のままだと、寒い席とそうでない席での差がありすぎて……。少し、不平等だと思うので」

僕の意見を聞いたクラスメイト達が、ざわめき立った。

一学期、僕に席を変わってもらえばいいと騒いでいたふたりは、ギョッとした顔をして僕を見ていた。

「まぁ、たしかにそれはそうだな。前から似たような意見を聞いていたし、業者に相談できないかだけでも確認してみよう」

そう言った先生の表情は、どことなく嬉しそうだった。

開いている窓から、ふたつの季節が混ざり合った風が流れ込んでくる。

教室内の空気が、少しだけ心地の良いものに変わった気がした。

「佐野くんっ！」

その日の放課後、ひとりで職員室に向かっていた僕を、聞き慣れた声が呼び止めた。

思わず弾かれたように振り向いて——すぐに肩から力が抜けた。

「小夜子さん、どうしたの？」

僕を呼び止めたのは小夜子さんだった。

声も見た目も真昼と同じだけれど、真昼がいつもおろしていた髪を後ろでひとつに結ぶことで、小夜子さんなりに差別化を図ろうとしているらしい。

「これから、美術部の入部届を提出するために職員室に行こうとしていたら、佐野くんの姿が見えたから……」

「そっか。僕もちょうど、職員室に行くところだったんだ」

「そうなんだね。それなら、一緒に行ってもいいかな？」

小夜子さんからの申し出を断る理由はなかった。

小夜子さんとは真昼が消えて以降も、ときどき連絡を取り合っていた。

そのうち自然と敬語はなくなり、普通に話せる間柄になった。

だけど話すことはと言えば、ほとんどが真昼のことで、僕は小夜子さんの話を聞くたびに、真昼の姿を思い出した。

(真昼は忘れられたくないって言ってたけど、小夜子さんは絶対に真昼のことを忘れたりしないだろう)

真昼は贅沢なやつだ。小夜子さんだけでなく、僕にまで自分のことを忘れさせないんだから。

「佐野くんは、なんの用事で職員室に行くの？」

「え？」

「何か用事があるから、職員室に行くんだよね？」

我に返った僕は、改めて小夜子さんに目を向けた。

小夜子さんはキョトンとしながら僕を見ていて、やっぱり——一瞬だけ、真昼がそこにいるような錯覚を起こさせた。

「僕も、小夜子さんと似たような感じだよ」

「私と似たような感じって？」

「部活の届け出を、出そうと思ってるんだ。——映像研究部を、作ろうと思ってさ」

僕の言葉に、小夜子さんは驚いた様子で目を見開いた。

……これも、真昼のおかげで知ったことだ。

うちの学校は、部員がひとりでもいれば部活動を始められる。

だから僕はひとりで映像研究部を作ることにした。

もちろん新しく部員が入ってくるのは大歓迎だし、入ってこなくても僕ひとりでしっかりと活動をしていこうと思っている。

「あと、来週の月曜日の放課後から、アルバイトも始めることにしたんだ」

「部活だけじゃなくて、アルバイトまで？」

「うん。ちょっと、どうしても欲しいカメラや機材があるのと、動画編集用のパソコンとかソフトとか、いろいろ揃えたいから……」

今の僕には、夢を叶えるための軍資金が必要だ。加えて、アルバイトを通して学べるものもあるはずだと思っている。

「佐野くんって、すごく行動力があるんだね」

「え？」

「だって、新しく部活を立ち上げるだけじゃなくて、アルバイトまで始めるなんて、アクティブじゃなきゃできない気がして」

思いもよらない小夜子さんの言葉に驚いた僕は、ついその場で足を止めた。

僕に、行動力がある？

僕がアクティブ？

「あ、ははっ。そんなこと言われたの、初めてだ」

きっと、今ここに真昼がいたら、僕以上に笑うんだろう。

『小夜子、それは新しいギャグみたいだよ』なんて、からかいながらも、僕を見て嬉しそうな顔をするはずだ。

「僕は小夜子さんが思うほど、行動力もないしアクティブでもないよ。本当に」

「そうなの？」

「うん。でも……僕には、どうしても叶えたい夢があるからさ。そのためには、できる限りのことをしたいって思うんだ」

また、胸の奥が小さく痛んだ。

だけど僕はその胸の痛みを抱きしめて、すぐに真っすぐ前を向いた。

「お互い、〝今〟を楽しもう」

顔を見合わせれば、小夜子さんも「そうだね」と答えて小さく笑った。

僕の足はまだ、真っすぐに歩くことができている。


「……ハァ」

職員室に着き、小夜子さんと別れた僕は、部活動を統括している学年主任に【映像研究部】立ち上げの申請を出した。

高校二年の二学期に部活を立ち上げるやつは初めてだと驚かれたけど、無事に申請は受理された。

『来年には受験勉強も始めなきゃいけないだろうけど、大丈夫か？』

先生は心配そうに僕を見たけど、『大丈夫です』と答えた。

少し前の僕なら『現実を見ろ』とか、『僕だけが取り残されるかもしれない』と不安が先に立っていただろうけれど、今は不思議と何を言われても平気だった。

「部室かぁ……」

でも──実は、問題がひとつ。

実際に部活動をする部室はどこを希望するのか、追加で申請を出さなければならなくなった。

僕は廊下の角を曲がると周りに誰もいないことを確認し、屋上に続く階段をのぼった。

そして消火器ボックスの下に隠されている鍵を使って扉を開けると、ひとり、屋上に立った。

「屋上を部室に指定したら、さすがに怒られるかな？」

なんて、くだらない独り言をこぼして空を仰ぐ。

見上げた空は、最後にここに来た日と同じように、澄み渡っていた。

（とりあえず先生にはもう一度、部室は必要ない方向で申請できるか聞いてみよう）

僕は動画を撮るために、ひとつの教室にこもりきりになることはないだろう。

たくさんの景色を見て、たくさんのものを見て、まずは自分の好きなものを好きなように撮ってみたい。

そして映像編集の勉強もして、高校生のうちに一本は、ショートムービー的なものを作ろうと思っている。